アノニム

原田マハ

角川文庫
22246

目次

yme

ジェット

蔣恩堂。ＩＴ長者であり世界トップ10に入るアートコレクター。アノニムのボスでもある

エポック

ゼキ・ハヤル。イスタンブールでトルコ絨毯店を営む経営者。別名で美術史家としても活躍

ミリ

真矢美里。香港の巨大美術館のコンペに競り勝ち、メイン・アーキテクトとして派遣された建築家

ヤミー

ダリダ・フィオレンティーナ。ブルックリンでギャラリーを経営する美女

イラスト／平沢下戸

ネバネス
サラ・グッドマン。フリーランスで活躍する世界屈指の美術品修復家

オブリージュ
ジャック＝フランソワ＝フロマンタン＝エリ＝ド・ブルゴー＝ドリュクレー。ラグジュアリーブランドのオーナーでありファイン・アートのコレクター

ネゴ
パトリック・ダンドラン。オークション会社「サザビーズ」の花形オークショニア

オーサム
ラヤ・シン。天才エンジニアであり、アノニムメンバーでは最年少

episode 1

俯瞰するディスレクシア　ともすれば、世界の真ん中で

Sunday October 1　1:08AM

香港島　湾仔《ワンチャイ》

古ぼけた高層アパートの一室、狭苦しい床いっぱいに新聞紙が広げられている。その中心に、張英才《チョンインチョイ》は立ち尽くしていた。

背筋を伸ばし、胸を張り、奥歯を噛《か》んで、口を真一文字に結んでいる。誰が見ているわけでもないが、厳かな儀式を始めるまえには、威厳に満ちた様子で立ち尽くさなければならない。まるで、こここそが世界の中心なのだ、とでも言いたげな様子で。それが「アーティスト」というものに違いない、と英才は考えた。

思うに、アーティストとは孤高の存在なのだ。普通であってはダメなのだ。天才であればあるほど、一種異様な、鬼気迫る雰囲気を身にまとっているものなのだ。

確かに自分は十七歳の高校三年生だ。しかしながら、実は気づいている。――ひょっとすると、自分は不世出の天才アーティストなんじゃないかって。

自分は、絵を描くのは誰よりも得意だけど、文字を読むのが苦手だ。だけどそれこそが天才である証拠なんじゃないか、と密《ひそ》かに思っている。

不思議なことに、自分には――子供の頃から――文字というものが全部「絵」に見える。普通の人にとっては、それが連なって「文章」になり、意味を成しているのだろう。だけど自分は「絵」をつなげて、イメージにして、画像で理解している。そういう感じなのだ。

この文字の読み辛《づら》さを他人に伝えることなく、英才は成長した。が、小学五年生のとき、カウンセラーに教えられたのだが、脳が文字を判別できない、けれど言葉として理解はできる、そういう症状があるのだそうだ。難読症《ディスレクシア》。まさにそれだ。アインシュタインも、レオナルド・ダ・ヴィンチも、スティーヴン・スピルバーグも、著名な天才たちはこの症状を抱えていたらしい。その話を知ったとき、英才はいよいよ自分の「天才」を確信した。

英才は、まさにこれから、神秘的な「創作」を始めるところだった。その創作は、親や妹には絶対に見られてはいけない。だからこうして、家族が寝静まるときを待って、準備を進めたのだ。

右手に黄色いプラスチックのバケツ、その中には真っ赤なペンキがなみなみと入っている。

左手には刷毛《はけ》——そう、刷毛だ、何本か持っていた絵筆は残らず絵の具で潰《つぶ》してしまった、いつだって後片付けが苦手だから、きちんと洗わずにほったらかしにしていた結果全部だめにしてしまったのだ——、近所の雑居ビルの内装工事の現場からちょっとくすねてきた。

どんなに頼み込んでも、親はカンヴァスも絵の具も買ってくれない。壁塗り用のペンキ、刷毛ですら買ってくれはしないのだ。英才の母親は、自分の息子を愚か者扱いしていた。お前が将来かならずなってみせるとか言ってる「アーティスト」とやらは、お父さんとあたしの老後の面倒をじゅうぶんに見てくれる職業なの？　つまんないこと言ってないでもっと勉強しなさい！　と。

もう親の財布はあてにできない、そうとなれば必要な画材はくすねてくるほかはないじゃないか。どのみち、昼休みの工事現場から、刷毛をちょっといただいてきたところで、気がつく作業員などいやしないのだ。

そう、自分の父親だってそうだ。親父は、自分が物心ついたときから警備会社の社員で、夜と昼がひっくり返った生活をずっとしている。服はたぶん二着しか持っていない。警備会社の制服と、ランニングシャツだ。いや、ランニングシャツは下着だから、そうなると、ほんとうに一着しか持っていないことになる。制服一着だけ。それをいとこの結婚式のときにも着ていった。金鐘《アドミラルティ》のこじゃれたレストランでの披露宴に、なんと親父は警備員の制服を着ていったんだ。おかげで会場の入り口で幹事に呼び止められてたっけ。おい、あんた、なんで披露宴会場のテーブルに着こうとしてるんだ？　しっかり出入り口を警備しろよ、って。

母親もそうだ。近所のコンビニにパートタイムで勤めているけど、日本式の「おでん」の売れ残りを毎日持って帰ってくる。ほんとうに、毎日毎日、持って帰ってくる。それを平然と夕飯のおかずとして食卓に載っける。「おでん」と炒合菜《チャオホツァイ》、白飯。そればっかり。もう、あきあきだよ。

妹も、どうしたもんだか。日本のマンガとネット漬けの挙げ句、とうとう「腐女子」になっちまった。あいつが肌身離さず持ち歩いてるノートをちらっと見たけど、銀縁メガネ男子と黒縁メガネ男子が、制服姿で抱き合ってるイラストが描いてあったような……。あんなの母親にみつかったら、頭がおかしくなったと思われるだろう。

世界から見放されたようなおれたち四人家族。――が、この底辺からたったひとり立ち上がるのは……このおれだ。

英才は、右手に提げていた黄色いバケツを新聞紙の上に置いた。左手に持った刷毛を――彼は左利きだった、左利きには天才が多いというのも彼が自分を天才と思い込んでいる理由のひとつだった――たっぷりとバケツの中の赤いペンキに浸す。

夜に向かって開け放った窓のほうを向いて、ひとつ、深呼吸をする。香港は十月でも日中は蒸し暑いのだが、夜になれば秋を感じさせるひんやりした空気が流れ込んでくる。

この夏、通りを挟んだ向かい側にグランド・オープンした台湾系のラグジュアリーホテル「Expect Hotels & Resorts《エクスペクト・ホテルズ・アンド・リゾーツ》」の、てらてらしたメタリックな壁が、消えることなくこの街を照らしている照明とネオンを弾いて鈍く輝き、空調に守られた部屋が、堅牢《けんろう》な窓とやわらかくて清潔そうな白いカーテンにさえぎられてずらりと並んでいるのが見える。

この要塞《ようさい》みたいなでっかいビルが建って、このへんの風景は一変したんだ。

――クソ野郎。

並んだ窓のひとつをにらみつけた英才は、落ち着け、と自分に言い聞かせるように軽くまぶたを閉じ、しばらくのあいだ沈思黙考のポーズをとった。それから、かっと目を見開くと、

「呀《ヤ》――――――ッ！」

雄叫《おたけ》びを上げて、刷毛を振りかざした。握りしめた刷毛の先を新聞紙に叩《たた》きつけ、一気呵成《かせい》にペンキをぶちまける。

「ヤッ！　はっ！　ヤッ！　はっ！」

奇声を発しながら、上半身を屈《かが》めて、床の上に真っ赤なペンキをだぶだぶ垂らす。垂らしまくる。真っ赤なペンキは、まるで血しぶきのように勢いよく跳ねて、床に敷き詰めていた新聞紙をまたたくまに染めていった。

垂らせ。汚せ。塗りつぶせ。もっともっと。

おれにねちねち絡んでくるクラスのまぬけの不良どもに、こいつを浴びせかけてやる。

あいつらこそ、弱虫だ。デモに参加する勇気もないくせに。

おれは、違う。おれだってデモに参加しなかった。だけどそれは、たったひとりで闘うと決めたからだ。

なぜって、おれは天才アーティストだから。

保守的な体制に、たったひとりで立ち向かってやる。学生リーダーが次々に拘束されてるけど、彼らを助け出すのはこのおれだ。

助け出す……えーと、どうやって？

いまはわかんねえ。でも、きっと、助け出す。たぶん、きっと……アートの力で！

英才は、体を屈め、狭い部屋の中を縦横無尽に——と本人はイメージしていたが、実際はがさごそと——動き回った。

新聞紙の上に次第にでき上がっていく「作品」。動きまくりながら、俯瞰《ふかん》しながら、頭の中に流れているのは、中一のときからずっと聞き続けてきた地元のロックバンドKillerSoap《キラーソープ》の曲、『Reason《リーズン》』。

汗が噴き出す。ペンキがメガネに飛び散る。躍るように、もがくように、全身を使ってペインティングするんだ。

どうよ、おい？　こんなめちゃくちゃに破壊的で、むちゃくちゃにクリエイティブなこと思いつくアーティストが、この世界のどこにいるっていうんだ？

この世界に、たったひとり。そう、おれだけじゃないか。だから……。

このおれがいるかぎり
ここがせかいのまんなかだ

Sunday October 1　9:50AM

香港島　湾仔　香港会議展覧中心

手首につけているウェアラブルスマートフォンが、なごやかなチャイムを鳴らした。

はっとして、スマートフォンを見る。デジタル時計が、約束の時間の十分まえを表示していた。

……そろそろかな。

真矢《まや》美里《みさと》は、顔を上げて周囲を見回した。

ガラス張りの巨大なコンベンション・センターは、ヴィクトリア・ハーバーの中心にあった。ガラスの向こうは、霞《かすみ》がかった海と空、それを突き刺すようにして、湾の向かい側の九龍《カオルン》の高層ビル群が林立するのが眺められる。大小の船が航跡を残しながら湾を行き交い、ひっきりなしに飛行機が濁った空をかすめて飛んでいく。

センターの三階、窓辺に佇《たたず》んで、美里――通称〈ミリ〉――は仲間たちを待っていた。仲間との待ち合わせの際は時間厳守、それがルールだった。

ミリは、建築家という職業柄か、何ごともきっちりと、生真面目に、始末よく、というのが習い性となっていた。たとえばもののサイズや位置を決めるときも、0・1《コンマイチ》

ミリ単位でこだわって決める。「適当に」とか「大雑把に」という言葉は、彼女のボキャブラリーには存在しない。少女時代からのニックネーム「ミリ」は、美里という本名がミリと読めるからなのだが、0・1ミリ単位できっちり詰める性格も反映しているのだった。

ミリは、待ち合わせのときにはいつでも、約束時間の十五分まえには着くようにしていた。どんなに忙しくても必ずそうしている。相手を待たせたくないという配慮からではなく、一秒たりとも相手に先んじられるのがいやなのだ。

仲間たちは、約束時間のかっきり九分まえに姿を現すはずだ。そう、五分まえでもなく、十分まえでもない。九分まえ。そう決まっている。

中国では、「九」は縁起がいい数字なのだそうだ。昔むかしは、皇帝しか使うことが許されなかった数字だという。「十」を頂点として、そこにあとひとつで辿《たど》り着く「九」は、永遠を表しているとも。

なるほど、あとひとつ。もうすぐ極めるんだという、むずむずする予感、希望と期待でいっぱいに膨れ上がる感じ。わかる気がする。

しかし、今日はどうだろうか。目下、このコンベンション・センターがある湾仔《ワンチャイ》は、デモに参加する学生たちで溢《あふ》れ返り、あちこちが封鎖されている。

一週間ほどまえに始まったデモは、最初は数百人の小規模なものだったが、日を追うごとに膨れ上がり、いまや湾仔のメインストリートであるヘネシー・ロードが封鎖されるまでになっていた。

デモが始まったきっかけは、数年後に控えた香港特別行政区行政長官を選出する普通選挙への学生たちの期待の高まりだった。イギリス領だった香港は、一九九七年に中国へ返還されたのだが、この際に高度な自治権が約束されていた。その自治権のもとに選挙が行われることを学生たちはアピールしているようであった。

一年ほどまえから香港に住み始めたミリは、香港の学生たちがこれほどまでにきちんと連携し、あくまでもスマートに盛り上がっているのを、好奇心と興味、そして少なからぬ共感をもってみつめていた。

ミリは、日本の国立大学の工学部を卒業後、チューリッヒ工科大学大学院の建築学科で博士号を取得、スイスのバーゼルにある世界的建築事務所「ダウム＆ドナウト（Ｄ＆Ｄ）」所属の建築家となった。Ｄ＆Ｄは、香港の九龍のベイエリアに建設されるアジア最大級の美術館「メガミュージアム（ＭＭ）」のコンペに競り勝ち、ミリは三十五歳にしてそのプロジェクトの主任建築家《メイン・アーキテクト》に抜擢《ばってき》された。現在、彼女は二十人以上の設計チームを率いて、総工費五十億ＵＳドルの巨大プロジェクトの陣頭指揮を執っている。

香港のデモで、多くの学生を率いているリーダーが、弱冠十八歳の大学一年生であることも、どこかしらミリが共感を覚える理由のひとつであった。

「ハイ、ミリ。元気そうね」

歌うような声がして、振り向くと、ダリダ・フィオレンティーナ——通称〈ヤミー〉——がすぐ近くに立っていた。

輝くブロンドの長い髪、すらりとした長身にシフォンのドレープがエレガントなベージュのブラウス、膝《ひざ》小僧が見える黒いタイトスカート。豊かな胸と腰回りに絶妙にフィットして、スタイルのよさを際立たせている。抜けるような白い肌とブルーの瞳。整った眉《まゆ》とマスカラなしでもじゅうぶんに長いまつげ。

女として持てる武器をすべて持っているのが彼女の特徴であるのを、いつもほんのりうらやましいと思わずにはいられない。

「ああ、ひさしぶり。デモに邪魔されなかった？」

軽くハグして、ミリが尋ねた。「ああ、もう、うんざり」と、ヤミーは答えた。

「道が封鎖されてるから、タクシーが迂《う》回《かい》して時間かかっちゃって……でもまあ、織り込み済みだったから、時間を計算してホテルを出たし、問題なし」

ミリは微笑んだ。

「ヤミー、いつもながらすてきね。とってもきれい」

あいさつがわりにちゃんとほめてあげる、それがヤミー——もちろん「おいしそう」という意味だ——の武器に磨きをかけることも、よくわかっている。

「あら、ありがと。あなたもよ、ミリ。そのカッチリした生真面目なジャケット、どこの？『サンローラン』の新作？」

ニューヨークのデザインブランド「アーキスト」のオールドパルファム「ブートニアNo.7」の甘い香りを漂わせて、ヤミーが訊《き》いた。

フィレンツェ出身の彼女は、ニューヨーク大学でアートマネジメントを学び、卒業後はニューヨークで美術関係の仕事に就き、現在はブルックリンでギャラリー「ハイ&ロウ」を経営している。ヤミーの英語には、少し甘ったれたようなイタリアなまりが残っているのだが、それがまた男たちにはたまらなく魅力的に聞こえるようだ。

ミリは苦笑して答えた。

「そのジョーク、オブリージュに聞かれたら怒られるわよ」

「そうだった。あなたはオブリージュのプロデュースしてるブランドの服しか着ないのよね。仲間に気を遣って……真面目だから」

「実際、着やすいのよ。生真面目に見えて着やすいって、すごくいいじゃない？」

「そうかな。コスチュームはゴージャスに見えなくちゃ。ちょっとくらい着にくくたって、セクシーに見えるほうが……」

にぎやかにファッション談義を始めたところで、「おいこら、おしゃべりなおふたりさん」と、ふたりのあいだに割って入ってきた中年の男がいた。

ゼキ・ハヤル。白髪まじりの黒髪を無造作になでつけ、太い眉毛と濃いひげがいかにもトルコ人然としている。むっちりとした体形は、趣味の食べ歩きのせいばかりではない。イスタンブールで高級絨毯《じゅうたん》店を営む彼にとって、いかにも裕福そうな体形を維持することは、客に安心感を与えるうえでも重要なことなのだ。とはいえ、「商売のためだ」と言いながら、香港では一日三食以外に飲茶《ヤムチャ》四回というのは、暴食の部類に入るはずだ。

「エポック、来てくれたのね、うれしいわ」

ミリは、〈エポック〉――ゼキの通称、「新時代」とか「新紀元」とか、特別な「時代」を意味する――の太い首に抱きついた。

「あいかわらず細っこいな、栄養は足りてるのか？」

エポックが笑って言った。続いてヤミーと頬を合わせ、「こっちのべっぴんさんは、やっぱり肉付きがいいね」と軽口を叩く。

「あなたには負けるけどね。朝っぱらから飲茶に行ってきたのかしら？」

ヤミーが細い眉毛を吊《つ》り上げて返すと、

「おいおい、いくらなんでも……今朝香港に着いたばっかりだよ。デモで道が封鎖されてるって情報をミリからもらってたから、タクシーはやめて地下鉄で来た」

と言いつつ、「しかし、功夫點心の蒸し豚《ウンパイロー》はなかなかうまかったな……」と、にんまりしている。ミリは、くすくすと笑い声を立てた。

「今朝着いたのね。どこ経由？」

ミリの質問に、エポックは少し胸を張って、

「おとといイスタンブールを出て、ドバイ経由でね。ドバイに一日いて、五十万ＵＳドルの商談を成立させてきた」

と答えた。とたんに、ヤミーがエポックの腕に絡みついて、

「わ、すっごい。さすが、仕事のできる男は違うわね」

「ま、な」とエポックは、自慢げな笑みを浮かべ、

「ほら、あそこにいる浮世離れした若造とは、ちょっと違うんだよ、おれは」

そう言って、前に向かってあごをしゃくった。

コンベンション・センターの広々としたフロアの一角に、「SOTHEBY'S HONG KONG」と掲げられた大きなパーティションが立っている。その前に佇んで、食い入るようにカタログを見ている、栗色の巻き毛の小柄な若者がひとり。ジャック＝フランソワ＝フロマンタン＝エリ＝ド・ブルゴー＝ドリュクレー、長過ぎる名前が玉に瑕《きず》ながら、由緒正しいフランス貴族の直系、ド・ブルゴー＝ドリュクレー家の家督相続者にして、ラグジュアリーブランド「ｄＢＤ《デ・ベ・デ》」のオーナー兼プロデューサーである。

〈オブリージュ〉——長い名前を持つ彼にこそ必要な通称は「ノブレス・オブリージ

ュ（高貴なる義務）」というもっともらしい言葉に由来している――はその血筋もあってか、さまざまな道楽に少なくない金銭を投じている。フランスのドーヴィルでポロ競技、イギリスのコッツウォルズでフォックスハンティング、京都で茶道、マカオでのカジノは一度だけ――火遊びのつもりが数十万ドルの大もうけ、しかしそれっきりでやめにしたのはなかなか賢明だった――そして何よりの道楽は、フランスワインとファイン・アートのコレクションだ。自慢の一本は一八七四年のボルドー産、パリで第一回印象派展が開催された年のもの。そして自慢の一枚は、公にはしていないが、本人いわく「相続税の関係で所有していることをおおっぴらにできない」ほど貴重な絵画なのだそうだ。これらのコレクションのほとんどを、世界各地のオークションで落札してきた。

今回の「指令《ミッション》」に、最初に反応したのはオブリージュだった。なんであれ、オークションに絡むことならば率先して首を突っ込みたい、というのが彼の本心である。

今日ばかりは待ち合わせで先んじられてしまった。ミリは少々くやしかったが、「元気《サヴァ》？」とフランス語で声をかけた。

オブリージュは顔を上げて、「ボンジュール、ミリ。ヤミー。エポック」と、仲間たちが近寄って来るのを、両手を広げて尊大に迎えた。

「元気そうだな、王子さま」エポックが背中を叩くと、

「ええ、あなたも。博士」オブリージュが答えた。

「あなたが先月、オックスフォード出版から上梓《じょうし》した『二十世紀美術の変革と変容』、拝読しました。キュビスムの発生に関するくだり、あれ新説ですよね？　実に興味深い……」

「しいっ」エポックが人差し指を唇に当てて、ひそひそと囁《ささや》いた。

「ここでその話題を出すなよ。おれの正体については言わない約束だろ」

「失礼、そうでした」オブリージュが肩をすくめた。

「でも、あんまり興味深かったので、ニースにいる父に送りましたよ。で、『友人が書いたんだ』ってメールしちゃった。ご迷惑だったでしょうか？」

「別にいいさ」エポックは、迷惑そうに眉根を寄せた。

「あんたの親父さんは、おれが実のところ何者か、なんてことにゃ興味はないだろうからね」

トルコ絨毯店の経営者はエポックの仮の姿である。彼は、オックスフォード大学で美術史の博士号を取得し、二十世紀美術史に関する「エポック」メーキングな新説を次々に打ち立てた世界的に知られる美術史家であった。世界各国の大学から教授ポストへの誘いを受けていたが、どこの大学にもアカデミーにも属さず、在野の研究者として一生を終えたい、後世に美術史研究の足跡を残して——というのが、エポックの夢なのである。

「先月以来ね、オブリージュ。作品は届いた？」

軽く頬を合わせてから、ヤミーが訊いた。

オブリージュは、先月、ブルックリンのヤミーのギャラリーで開催されたジャン＝ミシェル・バスキアのドローイング展のオープニングに飛んでいき、二十点出品されているうちの八点を購入したのだった。

「届きましたよ、まだ見ていないけど」オブリージュは、微笑んで答えた。

「ニースの両親の家へ送ってもらったでしょ？　ニューヨークから大きな荷物が届いたぞ、って父からメールが来たんだけど、自分で開けたいからそのままにしておいて、って……」

「ちょっと、そりゃないでしょオブリージュ？　超貴重品なんだから、到着したら即時開梱《かいこん》、内容チェックしなくちゃ。万一破損してても輸送会社に文句言えなくなるじゃないの」

またしても細い眉毛を吊り上げて、ヤミーが言った。すかさずミリが仲裁に入った。

「まあ、まあ。内輪のもめごとはあとにして……そろそろ中に入りましょう」

オークションのプレビュー会場の入り口に向かいながら、エポックが小声で念を押した。

「あとのふたり……『オーサム』と『ネバネス』は、今日は参加しないんだな？」

ミリはうなずいた。

「Wi-Fiでつながるわ。あとでコンタクトする」

「サーバーは？」とオブリージュが訊いた。ミリは、左手をちょっと上げて、腕時計――ウェアラブルスマートフォン〈ハッチ〉――を見せた。

「〈ハッチ〉ね。私も持ってる」ヤミーが、肩から提げている「ｄＢＤ」のショルダーバッグを軽く叩いた。

「おや、バッグはうちのを持ってくれてるんですね」

オブリージュが、ふふ、と笑い、

「もちろん、僕も持ってますよ」

そう言って、上質なサマーウールのジャケットの内ポケットあたりを押さえた。

ミリは、エポックを見た。在野の美術史家は、黙ってうなずいた。

「『ネゴ』は来てるのよね？」

ヤミーの質問に、ミリは「ええ」と答えた。

「業界きってのやり手オークショニアですもの。彼がいなければ、ショーの幕は開かないわ」

ヤミーとオブリージュとエポック、それぞれの口もとに笑みが浮かんだ。

「じゃあ、行くとするか。――ショーが始まるまえに」

エポックが言った。四人は、肩を並べてプレビュー会場に入っていった。
会場のいちばん奥に展示されている、知られざる傑作を目にするために。

ジャクソン・ポロック作「ナンバー・ゼロ」。

抽象表現主義の旗手、ポロック。戦後、世界のコンテンポラリー・アートの歴史と地図を書き換えた天才アーティストである。

カンヴァスを床に置き、俯瞰しながら縦横無尽に動き回る創作スタイル。絵の具を絵筆からしたたらせ、激しい動きをそのまま絵にした「アクション・ペインティング」で知られる。一九五〇～六〇年代に活躍するも、自動車事故で四十四歳で没した。遺された作品はさほど多くなく、そのほとんどは各国の著名美術館のコレクションに収まっている。わずかに個人蔵もあったが、大作がマーケットに出ることはきわめてまれである。

「ナンバー・ゼロ」は、ポロックの未発表の大作として、その存在が明らかにされた。今回のオークションのカタログに、突如として現れたのである。

そのポロックこそが――ショーの主役であった。

Sunday October 1　10:04AM

香港島　湾仔　香港会議展覧中心

左手首につけているウェアラブルスマートフォン〈ハッチ〉がかすかに振動した。パトリック・ダンドランは、目線をちらりと手首に向けた。十時四分。どうやら、仲間たちが到着したようだ。

目の前で、真っ白な革のソファにふんぞり返っているのは、李伊健《リ・イーケン》、香港のレストラン王といわれている人物である。オークション会社「サザビーズ香港」の上顧客のひとりで、香港での競売《セール》のときには必ずいちばん前のシートに陣取って、果敢に競り《ビッド》に参戦する。買い集めているのは主に中国古美術と貴金属、それに「店の上顧客に出すための」ヴィンテージワインだが、最近は欧米のファイン・アートにも食指を動かし始めた。

サザビーズ香港の社長、ジョニー・ラウは、朝いちばんでプレビューのためにやって来た李を下にも置かぬ歓待ぶりで、五日後に行われるメイン・セールのためにサザビーズ・ニューヨークから出張してきた花形オークショニア、パトリックに、ティータイムの相手をさせている最中だった。

「……というわけで、今回のメイン・セールにご参加いただくことは、私どもといたしましても大変うれしく存じております、李社長」

パトリックは、蒸《ふ》かし上がったばかりの肉饅頭《まんじゅう》のように血色のいい李の丸顔に向かって、にこやかに語りかけた。

「そうかね。メイン・セールは、私なんかには、まだまだハードルが高いと思っていたんだが……参加してもいいものかな……大丈夫だろうかね。ええ？　どうかね、ラウさん。あんた、どう思う？」

もうひとつふんぎりがつかない様子で、李は、パトリックの左隣に座っていたジョニー・ラウの意見を求めた。

「ええ、ええ、もちろん。もちろんですとも」と、ジョニーは、両手を大げさに上げ下げして答えた。

「今回のメイン・セールには、私どもサザビーズが、総力を挙げて世界中から名品を集めて参りまして、ロンドンやニューヨークではなく、ここ香港で出展することになりましたので……それだけ香港の市場に注目が集まっているという証拠ですし、香港のお客さまに、いえ、李社長のような優れたコレクターの方にこそ、ビッドに参加していただきたいのです」

富裕層の心理を知り尽くしたジョニーのトークは、李をすっかりいい気分にさせているようだ。もっとも、顧客を気分よくさせる話術を身に付けていなければ、いまやアート業界で最重要市場となった香港で、オークション会社の社長など務まるはずはない。

パトリックは、人の好《よ》さそうな笑顔を崩さずに、すかさずジョニーの言にフォローを入れた。

「もちろん、このジョニー・ラウが李社長のご要望に添うよう、全力でサポートいたしますので。ご安心ください。……では、私はこれで」

立ち上がって、にこやかに右手を差し出した。李は、湿っぽい手でパトリックの手をぎゅっと握ったが、「しかしねえ……」と、困ったように眉根を寄せた。

「メイン・セールに参加すること自体は、私もそろそろ挑戦してみたいとは思ってたんだが……ほんとにいいもんかね。正直、私にはわからんのですよ」

「何がでしょうか？」パトリックは訊いた。「疑問に思っておられることがありましたら、なんなりと」

「いやあ……それは、その……」と、李は言いよどんだが、

「今回のメイン・セールの目玉……ジャクソン・ポロック、とかいう画家の、『ナンバー・ゼロ』とかいう作品。ありゃあ、いったいなんなんでしょうかね？　私には、どうも、ペンキをぶちまけただけの子供のいたずらにしか見えんのだが……」

と、思い切ったように言った。

「あのいたずら書きの予想落札価格が一億USドル（約百二十億円）って言われてもなあ……そこまでの価値があるのかどうか。どうなんですか、ダンドランさん？」

パトリックは、にっこりと、いっそう愛想よく笑いかけて答えた。

「そうですね。正直に申し上げますと、実のところ、私にもわかりません。ただ、オークションでの落札価格というのは、結局、ほしいと思って手を挙げられるお客さまが決めるものなのです。価値があるのかないのか、ふさわしい値段なのか否か。すべてのキーを握っているのは、お客さま……つまり、あなたなのですよ、李社長」

ほう、とため息をついて、つややかな饅頭の顔に赤みが差した。

「私が……」

「そうです。あなたこそがキーパーソンなのです。では、これで」

パトリックは、じっとりと汗ばんだ李の右手をもう一度握ると、足早にVIPルームを後にした。

こういった交渉《ネゴシエーション》は、パトリック——通称〈ネゴ〉、もちろん「ネゴシエーション」の「ネゴ」である——にはお手のものだった。

香港の顧客は、桁《けた》外れの財力を持ちながら、オークションにおいてはまだまだ新参者である。古美術やワインなど、それなりに価値が定まっていて、「自分の理解の範《はん》疇《ちゅう》内」のものに対しては大枚をはたく準備があるが、「理解の域を超えた」不可解な現代アートに対しては、つい尻込《しりご》みしてしまうものだ。

　この世界に身を置いて二十年、いまやオークション界の花形オークショニアとして、オークションに関する著作を何冊も出し、世界中の顧客の相手をスマートに務めるネゴであっても、ジャクソン・ポロックなど見たことも聞いたこともない中国や香港の富裕層が、一億ドルをぽんと出すのには抵抗を覚えることは、じゅうぶんに理解できた。

　左手首のスマートフォンが、再び振動した。ネゴは、早足でプレビュー会場へ向かいながら、黒いスーツのジャケットの内ポケットから黒い耳栓を出した。指先でプチンと折ってふたつに分け、片方をすばやく耳の穴に入れ、もう片方をジャケットの衿《えり》に挟む。ワイヤレスオーディオ〈カプセル〉である。

『ハイ、ネゴ。聞こえる？　どうしたの、みんな揃ってるわよ』

　聞こえてきたのは、「仲間《メンバー》」のひとり、ミリの声である。

「ハイ、ミリ。いつもながらチャーミングな声だね」と、ネゴは早口で応答した。

「クライアントにつかまっちゃってね。いまそっちに向かってるよ」

『了解。もちろん、あなたはスタープレイヤーなんだから忙しくなくちゃね。わかってるって。じゃ、待ってるわ』

プッツリと通信が切れた。わずか十秒の会話であっても、お互いを持ち上げることを忘れない。だからこいつらとの仕事は面白いんだ、とネゴはにやりと口もとに笑いを浮かべる。

スタッフ専用出入り口のドアにセキュリティ・カードをかざして、解錠《ロック・オフ》する。——この瞬間がなんつってもいっちばん興奮するんだよな！　と仲間のひとり、〈オーサム〉の声が鼓膜の奥に蘇《よみがえ》って、ネゴはひとり笑いした。

ここは香港のベイエリアにある「香港会議展覧中心」の巨大なビルの三階、広大な展示場である。サザビーズ香港は、このフロアを一週間借り切り、順次オークションを開催している。毎年一回、香港でのセールでは、中国古美術、アジアの現代美術、ヨーロッパのオールドマスター絵画、宝飾品、ワインなどのオークションが行われる。「メイン・セール」と呼ばれるオークションは、世界中の富裕層が常に狙い澄ましている印象派・近代美術の名品を揃えて開催されることが多いが、最近人気の現代美術のアーティストの作品も登場するようになった。

メイン・セールには大物作品が出てくるので、取材のためにマスコミ関係者も多く集まり、世界中から顧客が集結する。むろん、ひやかしも多い。メイン・セールの会場を満席にする人々の三分の二はこの手の客である。本気の顧客ほど、顔や名前を伏せて電話やインターネットでビッドに参加するものだ。彼らの多くは、天文学的な値段の作品を落札できるほど財力があることを知られたくないと考えているからだ。

オークションとは、アートを巡る熾烈《しれつ》な闘《バトル》いである。オークション会社とクライアントは心理的な駆け引きを展開し、コレクターや投資家やバイヤー、作品を手中におさめようと目論《もくろ》む人間たちはオークション会場という名の戦場で容赦のないバトルを繰り広げる。そしてこのようにものものしくも華々しい場を仕切るオークショニアは、すばやく、しかもスマートに采配《さいはい》できる者でなければならない。それが自分のようにやり手で、しかも容姿端麗《グッドルッキング》であれば、華麗なショーの舞台に花を添えられるというものだ——とネゴは思う。

サザビーズ香港のオフィスは、香港の中心街、金鐘にある高層ビル、ワン・パシフィック・プレイスの五階にある。オフィス内にはギャラリーがあり、世界各地で開催されるオークションに出品予定の美術作品や宝飾品の数々が巡回してくるので、顧客は事前に落札したい作品を見ることができる。これを「プレビュー」という。また、上顧客のために、お望みの作品を特別室に運び込んで、シャンパンをふるまいながら、じっくりと品定めをしてもらうこともある。これを「プライヴェート・ビューイング」という。

きわめて高い予想落札価格が付けられた重要な作品は、最重要顧客がもしも望めば、その顧客のためにだけ、指定の場所に運び込んで見せる——という、究極のサーヴィスも行っている。この場合、輸送費と保険料だけで軽く百万USドルを超えてしまうこともあるのだが、相手はアラブの王族だったり、欧米の著名な資産家だったりするわけだから、とてつもない額で落札する可能性が高い。いくらかかろうとも、それはすべて必要経費なのである。

ネゴはサザビーズ・ニューヨーク所属のオークショニアだが、確かに「やり手」で「容姿端麗」、しかも「交渉上手《トップ・ネゴシエーター》」ということで、世界中のサザビーズ系列のオークションからお呼びがかかる。人気オークショニアである彼を、プライヴェート・ビューイングの立会いに指名する顧客も多く、そんなこともあって世界を飛び回っている。

実は昨日の朝まで、カタールの首長一族出身のとある女性に付き合って、ドーハにある彼女の広大な邸宅で、セザンヌの作品のプライヴェート・ビューイングをしていたのだった。セザンヌでもポロックでも村上隆《むらかみたかし》でも、同じ熱意と手練手管をもって、クライアントを口説き落とすのが自分の使命であるとネゴは考える。だからといって、仲間たちとの約束の時間に遅刻するのは、まったくもって自分のポリシーではない。

広々としたプレビュー会場は、中国美術、ワイン、宝飾、工芸品などのジャンルごとにパーティションで仕切られており、個別のギャラリーになっている。各ギャラリーでは、オークションに出品される作品やアイテムが、美術館かとみまがうばかりに見事に展示されている。

美術館と違う唯一の点は、キャプション——アーティスト名、作品タイトル、年代などが書かれて作品のそばにそっと添えられているプレート——に、「予想落札価格」が示されていることだ。これによって、美術館ではついぞ感じることのできないこと——つまり美術品は「商品」であり「金で買うことができる」、もっといえば「自分のものにできる」ということを、実感できるのだ。

工芸品のギャラリー、中国美術のギャラリーの前を突っ切って、ネゴは、まっすぐに「メイン・セール」のギャラリーへと向かった。このギャラリーは特別で、入り口には制服を着たセキュリティのスタッフが立っている。正面の出入り口にも警備員はいるのだが、メイン・セールのプレビュー会場には、評価総額何百億USドルにも上る超一級の美術品が展示されている。この会場のガードを突破するのはたやすいことではないと、彼らの前を通過するたびに、ネゴはたのもしく思うのだった。

作品保護のため照度を落とした会場内には、サザビーズのふるいにかけられた名品を朝いちばんで見てみようという物好きな人々がちらほら来ていて、見るともなしに作品を眺めている、という感じだった。もちろん、ほとんどがひやかし客である。本気のバイヤーは、プレビュー会場に朝からのこのこと姿を現したりはしない。

今回のメイン・セールには、数々の現代美術の大物が登場する予定になっている。アメリカン・ポップアートの祖、アンディ・ウォーホルやロイ・リキテンスタインのペインティング、ヨーロッパからはイヴ・クラインのコバルトブルー――その青色は〈インターナショナル・クライン・ブルー〉と呼ばれていた――に染められたヴィーナスのトルソなどが、現代美術の巨匠《コンテンポラリー・マスターズ》たちの目玉作品として出品される。新しいところでは、アンドレアス・グルスキーがスーパーマーケットを撮った巨大な写真作品や、奈良《なら》美智《よしとも》のちょっとこわい顔をした女の子のペインティングなどもある。どれもこれも、人気の現代アーティストの作品ばかりだ。これらのラインナップを見る限り、今回のセールの売り上げはじゅうぶんに期待できる。

が、今回のメイン・セールの最大の見せ場。それはもちろん、あの作品の登場だ。

――アメリカ抽象表現主義の旗手、ジャクソン・ポロック作「ナンバー・ゼロ」。

ポロックが手がけた「アクション・ペインティング」による絵画は、戦後のアートの世界地図を書き換えるほど衝撃的であった。ピカソのように、独自の作風を打ち立てた――というのとは違う。絵の描き方そのもの、スタイルを変えてしまったのだ。

ポロックが登場するまで、ペインティングというものは、イーゼル、あるいは壁に、カンヴァスなり板なりを垂直に立てて、そこに絵筆を使って絵の具で描くものであった。それが当然だったし、その「スタイル」を変えようなどという画家はひとりとして現れなかった。ところが、ポロックは、その「最初のひとり」になったのだ。

彼はカンヴァスを床に水平に置き、その上を動き回って激しく絵の具を垂らし、色彩を撒《ま》き散らして、自分の動き《アクション》の軌跡をペインティングとして表した。カンヴァスを俯瞰し、全体的にまんべんなく動き回って絵の具を垂らしているので、彼の生み出した作品には確たる中心がない。ポロック作品が「オールオーヴァー（覆い尽くす）」といわれるゆえんだ。まったくもってポロックの作品は画期的であり、革新的だった。

ポロックは画家として駆け出しの頃、「どうしたらピカソを越えられるのか」と、そればかりを考えていたという。

自分よりも五十年早く画家となったピカソは、何百年もの長きにわたって画家たちがこつこつと打ち立ててきたセオリーを、根底から覆してしまった。自分たちの世代は、彼が起こした絵画革命を引き継いでいる。何か新しいことをやろうとしても、いや、それはすでにピカソがやったことだと気がついてしまう。

なんという巨大な壁。なんという遠い星。しかし越えなければ、越えていかなければ、新しい表現を見出《みいだ》し、自分だけのスタイルを確立しなければと、試行錯誤を繰り返した結果、ポロックは「カンヴァスを俯瞰する」という創作スタイルに行き着いたのだ。

オールオーヴァースタイルの初期作品「Number 1A《ナンバーワンエー》」を生み出したのは一九四八年。この大画面作品は、現在、ニューヨーク近代美術館の所蔵となっている。このシリーズは複数点制作されたが、すべて著名な美術館のコレクションに入っているため、ポロック作品が市場に出てくることはきわめてまれだ。

ところが——。

ポロックのオールオーヴァースタイルの作品が、出てきたのだ。しかも、個人所有で、いままで一度も外に出たことがない、つまり「未発表」「新発見」というおまけ付きである。

そしてそれをオークションのテーブルへと、まんまと運び出すことに成功したのは、ネゴであった。

展示会場のいちばん奥まったところの壁に、「ナンバー・ゼロ」は掛かっていた。その前にばらばらと佇む四人の男女。ミリ、ヤミー、オブリージュ、エポック。彼らはネゴの「仲間」たちである。

「ようこそ。相変わらず時間厳守だね、諸君」

そう言いながら、ネゴは四人に近づいていった。

「あら、やっと来たわ。遅刻魔さん」

最初にハグしたのはヤミーである。あいかわらずボディラインを強調したファッションだ。まったくいい年して、と思いつつ、「や、会いたかったよ、ハニー」と、平手打ちを食らわない程度に、ネゴは情感をこめて彼女をきゅっと抱きしめた。

「忙しそうね。今回のセールス目標総額は？」と、ミリはネゴとハグしながらあくまでも数字にこだわる。何ごとも1ミリ単位、一セント単位で確認する、それが彼女の癖なのだ。

「さあどうだろう。少なくとも一億飛んで一USドルにはなるんじゃないかな」

ネゴが答えると、

「それはポロックの最低落札価格でしょ？　もっといきますよ、これほどまでの名品ならば」

すかさずオブリージュが言った。実際にオークションでさまざまな美術品を買い集めている彼が予想する落札価格は、ときにネゴと同等に正確だったりもする。

「君の予想はいくらだい、王子さま」

ネゴに尋ねられると、オブリージュは、腕を組んで、ふむ、と鼻をならして、さりげなく言った。

「一億三千万は堅いんじゃないですか」

ヒュー、と隣にいたエポックが、かすれた口笛を鳴らした。

「そいつはすげえな。何を根拠に？」

「だって二〇一三年にクリスティーズでポロックの『Number19』が五千八百四十万USドルで落札されたでしょ？　この作品はあれと同じ制作年で、しかもずっとサイズが大きい。一億三千万でも安いと僕は思いますね」

「言ってくれるわねえ」とヤミーが色っぽいまなざしをオブリージュに向けた。「あたし、これ、マジでほしくなっちゃう」

「あんたのファンクラブ会員の誰かさんに頼んでみるこったな」エポックが、あきれ顔で言った。「おれなんか、こうして見てるだけでおっかなくなっちまうわ。畏《おそ》れ多くて」

「ホンモノならね」

とネゴが小声でつぶやいたので、

「え？　ニセモノなのかよ？」

エポックが目を丸くした。ミリがくすっと笑いをこぼした。そして、ひそひそとエポックの耳元で囁いた。

「何言ってるのよ。この作品をここへ引き出してきたのはネゴなんだからね。天下のサザビーズが贋作《がんさく》をオークションにかけるわけにはいかないでしょ」

「あ。そりゃま、そうだ」とエポックが苦笑した。

「さて。再会のあいさつはこれくらいにして……オンラインでコンタクトを開始しましょう。『ネバネス』がお待ちかねよ」

ミリが言って、仲間たちに目配《めくば》せした。それを合図に、ヤミーとオブリージュ、エポックとネゴとミリ、二手に分かれてポロックの作品の前を離れ、プレビュー会場を出た。歩きながら、ミリが小声で〈カプセル〉を通して話しかける。

「ハイ、ネビー。起きてる？　こちらミリ。メンバー全員、オンラインよ」

ミリがコンタクトした先は、ロンドン。香港との時差は、ロンドンがマイナス九時間だ。

『ハロウ、ミリ。朝早いのは苦手じゃないわ。早すぎるのは苦手だけどね』

午前一時半に仲間たちからのコンタクトのためにスタンバイしていたのは、サラ・グッドマン、通称ネバネス。世界屈指の美術品修復家である。ゴッドハンドである彼女の手にかかれば、修復できない作品はない。「あり得ない《ネバネス》」と呼ばれるゆえんである。主な顧客は大英博物館、ナショナル・ギャラリー、テート・ブリテン、その他、数え切れないほどのコレクターたち。修復を手がけて四十年以上になるが、一度も組織に属さず、フリーランスを貫いているのが彼女の自慢だ。

「疑い深いエポックのために、君から説明してくれるかい、ネビー？　彼、『ナンバー・ゼロ』は贋作じゃないかって疑ってるんだから」

エポックのほうをちらりと見やって、ネゴが言う。

「おいおい、そんなこたぁ言ってないよ。ネゴがニセモノを引っ張ってくるわきゃないじゃないか」

あわててエポックが弁解した。もちろん、ごく小さな声で。どんなかすかな囁き声もちゃんと拾う〈カプセル〉は高性能なオーディオなのである。

『ネビー、あなたがネゴの依頼を受けて「ナンバー・ゼロ」のコンディションチェックをしたんですよね。真贋判定も……。実際、何をもってポロックの「真作」であると判断を下したんですか？』

別のギャラリーへと移動したオブリージュの声が響いてきた。一拍置いて、『パーフェクトだからよ』と、ネバネスの答えが返ってきた。

『ドリッピングのテクニック、オールオーヴァーの勢い、色づかい、軌跡の描き方……すべてがあまりにもポロック的で、疑いようもないほどの作品だから』

『ってことは、つまり……』ヤミーの吐息混じりの声が聞こえてきた。

『贋作にすり替えやすい、ってこと？』

一瞬、全員が息を止めた。ややあって、ネバネスが落ち着いた声で言った。

『その通りよ。……完璧《かんぺき》な贋作の描き手がいればね』

Monday October 2　4:05PM

香港島　湾仔

悪夢のように蒸し暑い夏が過ぎ、朝夕は多少過ごしやすいと感じられる季節がようやく到来した。

エアコンを切った教室、全開にした窓から、生暖かい風がときどき吹きつける。

その日の七時間目、英語の授業の真っ最中だった。いちばん後ろ、窓際の席に座った張英才は、耳にイヤフォンを着け、机の上のノートパソコンのキーを叩いていた。パソコンの傍らには、新品同様の英語の教科書が閉じられたまま置いてある。

――張英才！　ちゃんと教科書を見なさい！

学校に通うようになってから、何度教師にどなられたことだろう。小学生の頃、文字を習うようになってからずっと、そうだった。

わかっている、それぞれの文字に意味があること、そしてそれが連なることでさらなる意味を生むこと。それが知識につながり、理解につながること。ときに人を感動させたり、傷つけたりもすること。

ただ、英才の場合、どうも「文字」というものをスムーズに識別できないのだ。

英才の目には、文字が「絵」のように映る。「絵」なので、その連なりが意味を成していることを理解するのに時間がかかる。だから、英才が文字を追いかけている様子は、深く深く考えて入り込んでいるように見える。子供の頃には「もの静かで思慮深い様子」ゆえ、「天才なんじゃないか」と勘違いされたくらいだ。

が、そのうちに、文字を追いかけるのに疲れて、教科書を開かなくなった。母親は「ちっとも勉強しない」と怒るし、教師は「教科書をちゃんと見ろ」とどなる。もじもじして教科書をどうしても開かないので、これはなんだかおかしいと気づいた教師が、母親に連絡して、一度カウンセリングを受けるようにと勧めてきた。

英才の母親は、子供を連れてメンタルカウンセラーのオフィスをまめまめしく訪ねるようなタイプではない。〝脳の詰まりを取る〟とかいう漢方薬を朝食まえに飲ませて、はいこれでいいでしょ、という感じだった。

小学校五年生のとき、かなりおせっかいな担任教師が、英才をカウンセラーのところに連れていった。そこで初めて「難読症《ディスレクシア》ではないか」と言われたのだ。

ディスレなんとか、とは聞き慣れない症状だったので、母親はさすがに心配して、ようやく専門医に相談したが、病気でもなく、脳に障害があるわけでもない、ただ脳が文字を識別することができないので読解に時間がかかるのだ、特別珍しい症状ではないので心配はいらないと言われて、ひと安心したようだった。

「難読症」と診断されたことで、英才は、むしろ「文字ではなく絵や映像やビジュアルに特化した才能を花開かせることができる」と保証されたような気がして、多少いい気になった。スキャナで読み取った教科書を音読するソフトウェアをインストールしたパソコンが、難読症《ディスレクシア》の人々をサポートする協会から貸し出された。英才は、クラスで唯一、いつなんどきでもパソコンをいじることが許された「特別な」生徒となった。

が、こんなに便利な道具を手にした少年が、まじめに勉強に勤《いそ》しむはずがない。英才は、音読ソフトを駆使して、もっぱらネットニュースをチェックしたり、対戦ゲームや中国のアプリ・消息《シャオシー》に励むのだった。

「さあみんな、教科書四十一ページを開いて。そのページの長文を黙読。時間は五分。いいですか」

英才のクラス担任の英語教師、郭花春《クオファチェン》が声を張り上げた。四十代前半、メガネにショートカット、いかにもモテなそうな風貌《ふうぼう》の女教師は、生徒に黙読で長文読解をさせるのがおきまりだった。午後のだらけた空気が充満している教室――半分以上の生徒は居眠り中だった――に向かって、「レッツ・ドゥー・イット！」と号令をかけた。

英才は、カタカタカタ、とキーを叩き始めた。当然、読解していると見せかけつつ、クラス内を飛び交っているトークに参加するのだ。

〉明日の校外授業をボイコットして、デモに行く人を募ります！

級友の王良了《ワンリヤンリャオ》の呼びかけ。良了は、学級委員長も務めるクラスきっての秀才だ。最近、選挙関連のデモに、ひとかたならず関心を寄せ、自分たちも授業をボイコットして参加すべきだ、みんなで行けばこわくない、とさかんに呼びかけている。

　明日、校外授業で、九龍の湾岸地帯に新しくできるとかいう美術館の建設予定地を見学に行くことになっていた。香港初の現代アートの美術館で、とてつもない規模になるらしい。

　将来アーティストになる気満々の英才は、この校外授業を密かに心待ちにしていた。いつ完成するのか知らないが、自分がアーティストになったあかつきには、ひょっとすると自作がその美術館のコレクションに収まるかもしれないではないか。美術館の誰か――おそらくは学芸員《キュレーター》、いや、地元の高校生の訪問を歓迎して、館長《ディレクター》自らが出てくるかもしれない――に、いまのうちから接触して、コネを作っておくのは悪くない。見学のあとに、ちょっとだけ時間を作ってもらって自作のポートフォリオを見てもらおうと、実は作品の画像のファイルを作って、スマートフォンに落としてある。だから明日、英才は、校外授業をボイコットするわけには断じていかないのだ。

＞賛成！　ボイコットする！
＞もともと校外授業なんて興味ないし、とにかくボイコットするよー。

王良了の呼びかけに、クラスメイトたちが反応し始めた。

＞だよな。美術館の建設予定地なんて、行っても意味ねーし。ただの空き地だろ？
＞九龍半島の先っぽの、超でっかい空き地だよ。サッカースタジアム造ったほうがいいんじゃね？

英才は、ピクリと眉毛を動かした。むむむ、美術館スレッドで炎上の気配……。
＞えー、まじで？　ってことは、スタジアム級に巨大な美術館造るってこと？
＞そうそう、そういうこと。
＞そんなでっかい美術館造って、どうするつもりだろ？　誰も行かねーし。

おっと、こりゃまずい展開だ。「炎上」を止めるべく、英才は「消火ヘリ」を急降下させる。カタカタカタカタ。

〉なんか、外国人の建築家が設計するらしいよ。スイスの超有名建築事務所所属の。それに、美術館は香港人アーティストの作品のコレクションもしっかりするみたい。香港ってさ、ちゃんとした大規模な美術館ないじゃん？　美術館ができれば、世界中からやってくる観光客に、香港のアートを見せるチャンスじゃね？　せっかくだから、知っておくのも悪くないかなーなんて、おれは思うわけ。

——と、高速でキーを打った。画面に文字を打ったびに、音読ソフトが読み上げる。それをイヤフォンで聞いて確認しながら文章を書く、というのが、英才のスタイルだ。われながらいいこと書いてるなあ、と自分の文章にほれぼれしたが、英才がトークを書き込んだとたん、クラスメイトの反応が止まった。

おろ？　なんだよみんな、おれの書き込みが「神」過ぎて、コメントできなくなったってか？

〉張英才。お前、美術館の回し者か？

いきなり挑発的な書き込みが飛んできた。いつも英才をガン無視してマヌケ扱いするイヤなやつ、クラスの「ボス」的存在、楊秀逸《ヤンシウイー》だ。

＞なんでそんなに詳しいんだよ。美術館なんておれらに関係ねーだろ。香港人のアーティスト？　香港のアート？　バカかお前は。アートなんて生きていくのになんの役にも立たねーだろ。どこのどいつに洗脳されたんだこのクソが！

英才は、眉間《みけん》に深くしわを寄せた。音読ソフトは確かに英才がテキストを読解するのにこの上なく役に立つ。と同時に、最低の気分にもさせる。独特の抑揚のない一本調子の音声に「このクソが！」と罵倒《ばとう》されると、気分の悪さが増幅されるというものだ。

＞死ね張英才。九龍の工事現場に埋められて窒息しろ！
＞お前の存在はゴミだ。美術館とか口にする資格ゼロだ。
＞そんなに校外授業に参加したけりゃ郭花春とふたりで行きゃいいだろ。そんであいつと結婚しろ。

〉そうだそうだ、お前なんかいらない。お前はクラスの邪魔者だ！

消火ヘリを飛ばしたつもりが、瞬く間にこっちに飛び火してしまった。英才は、あわててキーを打った。「そんなんじゃない……」と書き込みかけたとき、

〉サイテー。ひとりをターゲットにしてみんなで悪口書き込むんなら、こんなトークはなくなったほうがいいと思う。

燃え上がる炎の中に、〈トリニティセブン〉の浅見《あさみ》リリスのごとく突然飛び込んできたのは、学園でいちばんモテ度の高い美少女、栄玉蘭《ロンユーラン》だった。

英才は、どきっとした。

まさかの栄玉蘭の援護射撃。マジでか——？

〉私はボイコットしない。デモにも行かない。みんな、デモに参加することをファッションみたいに考えてるんじゃないの？ そんなの、むしろカッコ悪いよ。それより私は新しい美術館のほうに興味があるな。現代アートをいつでも見られる国際的な美術館があるなんて、世界に窓を開くみたいで、すっごくカッコいい。

せっかく見学できるチャンスだし、みんなも一緒に行こうよ！

「すっごくカッコいい」「一緒に行こうよ」……と、音読ソフトが妙に甘い声で読み上げる（ような気がした）。まるで自分だけに向けられた言葉のように感じてしまって、英才は、軽くめまいを覚えた。

「はい、五分経過！　じゃあ最初のセンテンス、訳してみて。楊秀逸」

スマートフォンのストップウォッチの振動を止めて、郭花春が大きな声で言った。

名指しされた楊秀逸は、ふてくされた顔で、「わっかりませ〜ん」とだるそうに答えた。そして続けて言った。

「てかおれ、なんか気分悪いんで、もう帰りま〜す」

立ち上がると、トートバッグを肩に担いで、さっさと教室を出ていってしまった。

すると、楊秀逸がいつもつるんでいるグループの仲間たちが、次々と立ち上がり、

「おれも〜」

「おれも帰ります」

「じゃ、お先。バ〜イ」

秀逸を追うようにして出ていった。

「あっ……ちょっ、こら待ちなさい！　授業のあとに明日の校外授業の説明するんだ

から！　行かないでってば！」

郭花春が、あわてて生徒たちを追いかけていった。教室内には、くすくす笑いとざわめきが広がった。

英才は、教室の前方に座っている栄玉蘭のほうをちらりと見た。後ろの席の女子に肩をつつかれて振り返った玉蘭も、偶然なのか、英才のほうをちらりと見た。どきりと胸を鳴らして、英才は、あわててパソコンの画面に視線を移した。

わお。栄玉蘭、いま、おれに熱視線送ってきたよ？

……なわきゃねーか。そうだよな、そんなわきゃないよな。

でもなんでだ？　なんで栄玉蘭、おれのこと救ってくれたんだ？　美術館に興味あるから？　それともアートに？　作品に？　まさか、このおれに……？

謎過ぎ。不思議過ぎ。ミステリーだよ、まったく。

やっべ、おれ、密かに熱狂してきたし。まんまとハートを盗まれちゃいそう……ってか。

英才は、顔を上気させながら、心に浮かんだ言葉をそのまま検索してみた。**「救う」「美術館」「アート」「謎」「ミステリー」「熱狂」「盗まれる」**……音読ソフトが読み上げる。「検索」をクリック。

謎のアート窃盗団〈anonyme《アノニム》〉が世界の美術館を救う！

盗まれた作品を元に戻す、熟練の手法と独特の美学に熱狂するアートファン続出

「……アノニム？」

英才は、思わず声に出してつぶやいた。

なんだろ、聞いたことないな……謎のアート窃盗団？

〈インターナショナル・アート・アンド・カルチャー〉という、カルチャー系情報発信サイトの記事を、英才は音読ソフトで閲覧した。


その昔から、美術作品には常に盗難の危険がつきまとってきた。過去三十年間に全世界で盗まれた美術品の数は、国際刑事警察機構「ICPO」（通称：インターポール）が把握しているだけでも、実に一万点に及ぶ。

美術館のように公的な場所、あるいは個人の邸宅などから盗み出された美術品は、多くの場合、ブラック・マーケットで取り引きされ、誰がどこにどんなかたちで隠匿しているかわからないケースも多い。

美術館で公開されていたような有名な作品は闇取引がされづらいというが、闇から闇へと渡るあいだに次第にその存在を忘れられていく作品もあるようだ。また、個人が所有していて一度も公になったことのない作品などは、その存在すらも証明することが難しく、盗まれたのち発見することは至難であるといわれている。

ふーむ、と英才は低くうなった。音読ソフトの声に続いて、自分もささやき声で読み上げてみる。

「……ところが、そんな美術品の盗難事情に、ここ数年のあいだに変化が訪れた。『盗まれた名画を盗み返す』謎の窃盗団〈アノニム〉が現れたのだ……」

初めて〈アノニム〉の存在が知られたのは、三年まえに遡《さかのぼ》る。

イタリアのフィレンツェ近郊にある修道院所属の小さな美術館「ピッコリ・フィオーレ」。十三世紀に創設された長い歴史をもつ修道院では、修道士たちが装飾本を作って売ることで生計を立ててきた。付属の美術館では、代々の修道士が奉納してきた装飾本やテンペラ画を展示しているが、その中の一点にフラ・アンジェリコ作と伝えられるテンペラ画「受胎告知」があり、これを目当てに年間十万人が同館を訪れていた。

フラ・アンジェリコは、ルネッサンス時代の修道士・画家で、フィレンツェにある元修道院のサン・マルコ美術館にある同題名の壁画が代表作として知られている。これを見るためにフィレンツェを訪れる観光客も多く、ルネッサンス絵画のファンはフィレンツェ中心部から車で三十分ほどの場所にある「ピッコリ・フィオーレ」にも出かけていく。同館は入館料と修道士が作る土産物の装飾本やカードなどの売上げによって運営されていた。

ところが五年まえ、休館日の同館に何者かが侵入し、「受胎告知」が盗難に遭った。同館の展示室には監視カメラが設置されていたものの、休館日には監視員がおらず、事実上ノーガードな状態だった。窃盗犯は足跡や指紋等をいっさい残しておらず、単独か複数かも不明。夜間に展示室の窓の鍵《かぎ》を外して侵入し、「受胎告知」を持ち去った。

同作紛失の第一発見者は同館の学芸員を兼務する修道士、ロドリコ・ロンティーニ氏(41)。開館の十五分まえ、いつものように展示室に赴き、作品と展示の状態をチェックして回ったところ、「受胎告知」がなくなっていることに気づいた。あわてふためいたロンティーニ氏は、すぐさまジュゼッペ・ロッソ院長(66・当時)に報告、警察に通報。フィレンツェからもパトカーが急行し、テレビや新聞などのメディアも次々に詰めかけて、静かな村は一時騒然となった。

院長は、「『受胎告知』は当院の宝物。あれがなくなってしまったら、来館者も途絶えてしまうだろう。修道院にとっては死活問題だ」と、憔悴《しょうすい》しきった様子でマスコミに語った。そして、「どうか返してほしい。返してくれれば、私たちはその人の罪を問わない」と訴えた。

ところが、この院長のコメントがネット上で炎上。「手薄過ぎる警備で盗難に遭うのは当たり前」「文化財を展示する資格なし」「そもそもフラ・アンジェリコの真作かどうかも証明されていないものを目玉作品として展示していること自体おかしい」「盗人《ぬすっと》の罪を許すとは何ごとか」「観光客に頼っている土産物屋のくせに修道院を名乗るな」などと、被害者の立場なのにかえって非難を浴びてしまった。

看板作品がなくなった「ピッコリ・フィオーレ」は来館者数が激減。このままでは運営が難しいほどの、ぎりぎりの経済状態に追い込まれた。

責任を感じたロッソ氏は、修道士たちに惜しまれつつ院長職を辞任。直後に体調悪化を訴え、緊急入院したが、持病の心臓病が悪化して、辞任から一ヶ月後に死去した。最期をみとったロンティーニ氏は、「最期のひと呼吸の瞬間まで、あの絵のことを言っておられました。あの作品はフラ・アンジェリコの真作だと。あれが真作である証拠に、必ず『自分の家』へ帰ってくるはずだと。それを天国から見守っていると……」と、涙ながらに語った。

地元の警察はインターポール（本部：フランス、リヨン）に「受胎告知」の行方を探っていたが、犯人の確たる足取りも情報もつかめず、これは迷宮入りかと囁かれ始めていた。「ピッコリ・フィオーレ」はいよいよ運営が逼迫《ひっぱく》し、後任の院長となったロンティーニ氏は閉鎖するか否かの決断を迫られていた。

ところが、事件発生からちょうど一年後、いつものように朝いちばんで展示室を見回りに行ったロンティーニ院長は、あっと息をのんで立ち尽くした。

「受胎告知」が以前展示してあった壁――盗難後はぽっかりと空いていた――に、なんと寸分たがわず元通りに掛けられていたのだ。

ロンティーニ院長は、すぐさま警察に通報。またもやフィレンツェからパトカーが急行、そして以前の倍以上の数のメディアが詰めかけ、小さな村は再び騒然となった。驚くべきことに、「受胎告知」は以前にくらべて格段に見栄えがよくなっていた。つまり、隅々までクリーニングされ、修復されていたのだ。

さらなる驚きは、絵が描かれている板の裏に、詳細なコンディション・リポートが添付されていたことである。リポートには、「受胎告知」の所蔵履歴、筆致や特徴の分析、顔料の化学分析までもが書かれてあり、「よって本作はフラ・アンジェリコことグイード・ディ・ピエトロの真作である」と結論されていた。ただし、リポートには記名はなく、代わりに、板の裏面に謎のステッカー、が貼ってあった。

「フラ・アンジェリコの『受胎告知』が、前院長の遺言にして予言通り『自分の家』に帰ってきた」というニュースが、あらゆるメディアを駆け巡り、もとに戻った作品、しかも「真作」と証明されたフラ・アンジェリコの名作をひと目見ようと観光客が殺到した。

　ロンティーニ院長は「戻るべきところに戻ったにすぎません。うつくしい魂が神のみもとに寄りそうように……」と静かに語り、決して騒動に踊らされなかった。その高潔な態度と、最期まで「受胎告知」が戻ってくると信じて他界した前院長への尊敬と同情が集まり、小さな村の小さな美術館には、当面は閉鎖を考えなくともいいほどじゅうぶんな入館料と寄付金とが集まった。

　このミステリアスな「慈善行為」とも思われる行動——盗難に遭った美術作品を、人知れずもとあった場所に戻す——こそが、謎の集団「anonyme」によるものだと認識されるようになるのは、その後狙ったように同様のケースが起こるようになってからのことである——。

「アノニム……」

英才は、ごく小さな声でつぶやいた。

シンボルマーク「a」をコピーして、パソコン上のノートにペーストした。カーソルを動かして、そのマークを大きくしてみる。

境界線を超えて、壁を超えて、窓を超えて……自分の心の中に「a」が侵入してくるのを、英才は、しびれるように感じていた。

Tuesday October 3　2:10PM

九龍半島　環球貿易広場

吹き抜けの天井いっぱいに届くガラス窓の向こうに、ヴィクトリア・ハーバーの風景が広がっている。

くすんだ大気の中に、対岸の香港島が浮かび上がって見える。高層ビルがひしめき合って建ち並ぶ様子は、SF映画の中のコンピュータ・グラフィックスのようで、立体的でありながら、のっぺりと平坦《へいたん》にも見える。ここから眺める風景が、それだけ現実離れしているということなのかもしれない。

インターナショナル・コマース・センター内に開業している世界有数のラグジュアリーホテル「ザ・リッツ・カールトン香港」にあるダイニング「カフェ１０３」で、サザビーズ・ニューヨークのオークショニア、パトリック・ダンドラン——通称〈ネゴ〉は、アフタヌーンティーの最中だった。三日後にオークションのメイン・セールが迫っているこのタイミングで、ほっと一息つくために——などというわけではない。

ネゴの目の前には、ふたりの大富豪が鎮座している。

七十代のアメリカ人女性、ロレンダ・ボシュロムと、六十代の台湾人男性、蔣恩堂《ジャンエンタン》。

ともに世界の億万長者トップ20にランクインしている富豪であり、世界を代表するアートコレクタートップ10に数えられている大コレクターである。

ボシュロム家は、ロレンダの曾祖《そうそ》父《ふ》にあたるダニエル・ヘイワード・ボシュロムが二十世紀初頭に鉄鋼業で巨万の富を築いたアメリカを代表する名門ファミリーだ。以来、鉄道、船舶、航空、輸送、通信などに事業を拡大、グループ企業は千社以上ある。ロレンダの夫は婿養子で、妻の父の後を継ぎ、ボシュロムグループ総裁として三十年間グループを支配してきた。ロレンダはグループの大株主であるが、家業にはいっさい口出しすることなく、六十歳になったのを機に始めた美術品蒐集《しゅうしゅう》に熱中し、「いまが人生でいちばん楽しいわ」と、ネゴや彼の〈仲間《メンバー》〉である修復家〈ネバネス〉に会うたびに繰り返している。

一方、蒋恩堂——通称〈ＪＥＴ：ジェット〉が経営する会社「創大集団」は、ジェットが大学生のときに起業して、急成長を遂げたＩＴ企業である。なんでも、世界中のスマートフォンの中に組み込まれているナントカカントカという極小の部品の世界シェアナンバーワンなのだそうだ。それがいったいなんの役に立っているものなのか、デジタル音痴のネゴには何度聞いてもさっぱりわからなかったが、とにかくそれは「世紀の大発明」で「画期的」で「超クール」なんだそうだ。自分もＭＩＴ（マサチューセッツ工科大学）在学中に起業して若き億万長者の仲間入りを果たしたＩＴアントレプレナー〈オーサム〉が、その話になるといつも興奮気味にそう言っているのだから間違いない。どにかく、世界中でスマートフォンが一台売れるたびに、ジェットの懐には——正確には彼の会社の口座に——一USドル入ってくる。そう、たったの一ドルだ。けれど年間十二億台が売れれば、経営者が昼寝をしていようがバスタブに浸《つ》かっていようが美女連れでナイトクラビングしていようが、ジェットの会社の口座にはほっといても十二億ドルが転がり込んでくる、というわけだ。

世界じゅうのセレブリティを顧客に持ち、年収五十万ドルを誇るやり手オークショニアのネゴであっても、このふたりの前では自分がしがない雇われ人にすぎないのだと、少々いじけた気分になってしまうのは仕方がない。

「ずいぶん靄《もや》がかかっているわねえ。……雨が降り出しそうだわ」

白地に青いバラが散らされたウェッジウッドのティーカップを、優雅な手つきでソーサーに戻しながら、ロレンダが言った。

「靄ではありませんよ、ロレンダ。PM2・5です」と、ロレンダの隣の椅子にゆったりと腰掛けていたジェットが正した。

「こうまで霞《かす》んでいるとなると、今日は相当なものだな……どのくらいのレベルなんだろうか」

ネゴは、すぐさまジャケットの内ポケットからスマートフォンを取り出して、画面に指を滑らせた。

「最大69、最低21……ですね」

PM2・5の測定値を二十四時間配信しているサイトをチェックして伝えた。といっても、最大69という数値がいいのか悪いのか、そもそもなんの数値なのかも、ネゴにはわからなかったが、ボスの問いかけには十秒以内にリアクションするのが彼の主義なのだ。

「出歩いても問題ないんでしょう?」

おっとりとロレンダが訊《き》くと、

「今日の予定では、あなたが外気にさらされる時間はほぼありません」

すかさずネゴが答えた。ロレンダの移動は、黒塗りのロールスロイスが足代わりになる。運転手やドアマンが車のドアを開け、ホテルや会議場やレストランの入り口までほんの3ステップ、外気に触れるのみだ。

「このあとの予定はどうなっていたかしら」

ロレンダがつぶやくと、ネゴはまたスマートフォンの画面を確認して、

「食事のあとに、コンベンション・センターで開催中のアートフェアをご覧いただきます。そして、サザビーズ香港のオフィスへご足労いただきます。そこで弊社の香港社長のジョニー・ラウが、オークションのご説明をいたします。その後、黄竹坑《ウォンチュクハン》エリ

アにあるコンテンポラリー・アートのギャラリーをいくつか視察。マンダリンオリエンタル香港にお戻りいただき、休憩後、香港のハッピー・バレー競馬場のオーナー、レイモンド・ホーのご招待で、ホー氏所有の客船にてクルーズディナー。十九時に湾仔のターミナル１を出港予定です」

ロレンダの香港滞在予定は、彼女の秘書が管理するスケジュールデータにアクセスして完全に把握していた。もちろん、ロレンダのような超ＶＩＰのスケジュールデータには厳重なセキュリティがかかっている。ネゴはそれにアクセスできるごく限られた人間だった。

「オークションのプレビューの様子はどうなんだ？」

焼きたてのスコーンとストロベリージャム、マーマレードがたっぷりと載せられた皿が運ばれてきたタイミングで、ジェットが尋ねた。

「もちろん、盛況ですよ」

ネゴはにこやかに、しかしロレンダの表情を注意深く見守りながら答えた。

「なにしろ、ジャクソン・ポロックの作品がこの地で展示されるのは初めてのことですからね……来場者数はすでに去年の倍近くになったようです」

「ねえ、パトリック……香港の人たちは、ほんとうのところ、ポロックの価値を理解しているのかしら」

ローズカラーでネイルアートされた指先でスコーンをつまみながら、ロレンダは小さくため息をついた。

「コンテンポラリー・アートの巨匠では、アンディ・ウォーホルやロイ・リキテンスタインのようなポップ・アーティストならよく知られているって、ジェットに聞いたわ。ポロックは、一般的にはそんなに知られていないし、とんでもない予想落札価格をつけたところで、この絵にそんな価値があるのか、一笑に付されてしまうんじゃないかって、私、なんだか心配になってしまって……」

ロレンダは、先週ニューヨーク入りしていたジェットに伴われ、自家用機でジョン・F・ケネディ国際空港を飛び立ち、今朝方、香港国際空港に到着したばかりである。ジェットのアドヴァイスを受け、ネゴの導きで、いままで何度となくオークションに参加し、数々の名画を落札してきたロレンダだが、自分が所蔵する作品を「出品」するのは、これが初めての体験だった。

三日後に迫ったサザビーズ香港のメイン・セールの超目玉作品として出品される、ジャクソン・ポロック作「ナンバー・ゼロ」。

研究者のあいだでその存在を囁《ささや》かれながらも、どこにあるのかまったくわからなかったポロックの初期の大作。——これを所蔵していたのが、ロレンダであった。そして、彼女がその事実を最初に打ち明けたのがジェットであり、オークションに出品する決意をさせたのはネゴだ。

ジェットとロレンダが最初に会ったのは十五年ほどまえに遡《さかのぼ》る。スイスのダボスにある、知る人ぞ知るスイス料理の小さな店で、偶然、隣り合わせたのがきっかけだった。

そのとき、ダボスでは国際経済会議が開催されており、ジェットはそれに参加するために、ロレンダは夫の出席に伴って訪問中だった。

ダボス会議は世界中の首脳や経済人が一堂に集う大イベントで、このときばかりはスイスの一地方都市に過ぎないダボスも、ＶＩＰレベルがとてつもなく上がり、大にぎわいとなる。ジェットはその年が初めての参加だったが、混み合うホテルやレストランに辟易《へきえき》し、持ち前のネットワーク力で穴場のレストランを探し出し、外に車を待たせて、ひとりで食事をしていた。

ロレンダもまた、引きも切らない社交辞令にすっかり疲れ果て、夫とともに参加予定だったディナーをキャンセルして、秘書に「誰も知らない」レストランを探し出させて、その店にやってきたところだった。

店にはふたりのほかに客はおらず、食事の相手のいない西洋人と東洋人が、テーブルをひとつ、あいだに挟んで、横に並んだ。ジェットは、ロレンダのエレガントな容姿や所作をひと目見て、ダボス会議に参加する夫に同行した夫人に違いないと思い、思い切って声をかけた。育ちのよさそうなマダムに失礼のないように、最大限に気を遣いながら。

結論から言えば、ふたりは驚くほど意気投合した。なぜならば、そのとき、ふたりの話題の中心は「経済」ではなく「アート」だったからだ。

その時点で、ジェットはすでにアート界ではよく知られたコレクターだった。少年時代から絵を描くのが好きで、アーティストになりたいと憧《あこが》れつつも、アートとはまったく違う分野で成功したジェットは、こつこつと美術作品の蒐集を始めた。三十代で巨万の富を手にしたジェットだったが、彼はそのほとんどすべてをコレクション形成のために費やした。いい出物があると聞けば、地の果てまでも作品を追いかけた。のちにジェットと深い親交を結んだ――そしていまや「ボス」と呼ぶようにすらなった――ネゴが驚嘆するのは、世界屈指といわれる現代アートのコレクションを、ジェットがたったひとりで作り上げたことだ。彼くらいの富豪でコレクターであれば、ふつうはアートコンサルタントやキュレーターが雇われるものだが、ジェットは作品のリサーチ、選定から購入まで、すべて自分自身で手がけた。そのコレクションを見れば、彼がどれほどの知識と愛情と情熱と資金をアートに注ぎ込んだか、胸を打たれるほどだ。ネゴがジェットの指揮下で活動する〈仲間〉になろうと決めたのは、その傑出したコレクションに心底感動したからにほかならない。

一方で、ロレンダはあり余る資産の使い道に困り果てていた。富豪の「常識」として、さまざまな慈善団体や学校などに多額の寄付を行ってきたが、いつも何か物足りなさを感じていた。美術館への寄付なども、ごく普通に――とはいえ普通ではない金額だ――していたのだが、どの名家の婦人もそうしているから、なんとなく「流れ」でそうしてきたに過ぎなかった。

アートに見識も興味もないロレンダを変えたのは、ジェットと過ごしたダボスの小さなレストランでの時間だった。ふたりは、最初のうちはごく当たり障りのない会話をしていたのだが、何かの拍子に話題がアートになった。そこでジェットが文字通り「ジェット噴射」した。

アートについて語らせれば、おそらくジェットは世界で三本の指に入るほどプレゼンテーションがうまい。ひょっとすると、ビジネスのプレゼンよりもアートのプレゼンのほうがはるかにうまいんじゃないか、とネゴはつくづく思う。その証拠に、天下の大富豪であるロレンダが、ジェットとの出会いをきっかけにして、現代アートのコレクターとしての人生へと大きく舵《かじ》を切ることになったではないか。

ロレンダばかりではない。ジェットのアートへのひたむきな情熱は、自分を含む七人の〈仲間〉たちを動かしたのだ――。

とにかく、ロレンダは、ジェットの情熱に動かされて、それまでは「なんだかよくわからない」としか思えなかった現代アートの蒐集に力を入れ始めた。ジェットは、自分のコレクションの中から「初心者向けの」巨匠の作品をロレンダに譲り、いい出物があったときはロレンダに優先してつないだりして、実質的に彼女のコンサルタントのような役割を担ってきた。ただし、いっさい無報酬で（仲間たちは、ジェットが第三者のために見返りを求めずアートを使って何かをセッティングすることを、密《ひそ》かに〝ジェットセッター〟と呼んでいる）。ジェットいわく「まあ私は、彼女の気さくなお茶の相手のようなものだ」。一度でいいから、富豪相手にそんなふうにさらりと言ってみたいものだ、とネゴは、ジェットに軽く嫉妬《しっと》を覚えつつも憧れずにはいられない。

半年ほどまえのある真夜中、ネゴのスマートフォンにジェットから電話がかかってきた。どんな真夜中でもボスからの電話には2コールで出るのがネゴの主義だった。とはいえ半分夢の中で「はい、招集でしょうか」と応《こた》えると、『みつかった！』と電話の向こうでジェットが叫んだ。『みつかったぞ、未発見のポロックが！』――ネゴが一瞬で飛び起きたのは言うまでもない。

その夜、ロレンダからジェット宛に画像が添付されたメールが届いていた。**〈私には、これがどう見てもポロックとしか思えないんだけれど……あなたにはどう見える？〉**とのメッセージ。――管財人から連絡があり、ロレンダが父親から相続した財産のリストをチェックしていて、詳細不明の項目があったと。項目名は「絵の具が飛散した汚れた布」。所蔵場所はマーサズ・ヴィニヤード島にあるボシュロム家の別荘の倉庫。写真あり。これはなんですか、ただの汚れた布ですか？　財産として計上しなければならないものであれば、至急手続きいたしますので、ご確認ください――。

　画像を開いてみて、ジェットは腰を抜かしそうになった。それは、どこからどう見てもジャクソン・ポロックの絵であった。間髪を容《い》れずに、彼は〈仲間《メンバー》〉にコンタクトした。ロンドン在住の、世界的な鑑定士にして神の手を持つ修復家〈ネバネス〉、そしてネゴに。

　父親がどうして「絵の具が飛散した汚れた布」を持っていたのか――ロレンダの父親も母親もアートにはほとんど関心を寄せていなかった――まったく不明であったが、ネゴが調べてみたところ、ポロックは無名時代にボシュロムグループの関連会社が所有していた倉庫をアトリエとして使っていたらしい、ということが判明した。家賃を払う代わりに作品を渡し、巡り巡ってボシュロム家の別荘の倉庫に突っ込まれた――というくらいの貧弱な想像しかできなかったが、とにかく、ネバネスの細心の鑑定とネゴの大胆な推測によって、作品はポロックの「真作」であると鑑定された。

　そして――。

「予想落札価格一億ＵＳドル……いくらなんでも、あんまり高すぎやしないかしら？」

自問するように、ロレンダがつぶやいた。ジェットとネゴは、目を合わせて、口もとに微笑をたたえた。

「まさか。一億ドルで落札されるわけがありません」

ネゴは、落ち着いた声で言った。

「一億ドル＋《プラス》一ドル……以上で落札させてみせます」

シュガーポットから角砂糖をひとつ、つまみ上げて、紅茶のカップに落としかけたが、ソーサーに置いた。この指令を遂行するまで砂糖断ちしていることを思い出したのだ。

――集中力を高めるには砂糖断ち《シュガー・カット》がいちばんよ。

0・1《コンマイチ》ミリ単位で侵入経路《ルート》を計画する、天才建築家の〈ミリ〉が言っていた。それがほんとうか確かめてやろうじゃないか。

クライアントとの飲茶《ヤムチャ》の付き合いでうっかり増えてしまった体重を、オークション当日までにもとに戻さなくちゃならないしな……。

Tuesday October 3 2:50PM

九龍半島 メガミュージアム 建設予定地

手首に装着したウェアラブルスマートフォン〈ハッチ〉の時計のチャイムが鳴った。

上下黒のパンツスーツにヘルメットを装着した真矢美里——通称〈ミリ〉は、時計は見ずに、顔を上げて天空を仰いだ。

香港、九龍半島のヴィクトリア・ハーバーに臨む九龍公衆碼頭《カオルンパブリックピア》の一角、「メガミュージアム（MM）」の建設予定地に、ミリは佇《たたず》んでいた。

建設予定地《プロジェクト・サイト》一帯は、フェンスで囲まれており、一般人は中に入ることはできない。フェンスの内側では、掘削機やパワーショベルが何台も稼働し、地盤を整えている真っ最中だ。

周辺には高層ビルが霞んだ空を突き刺すようにして林立している。ミリが見上げた先にはインターナショナル・コマース・センタービルがあった。その一〇三階にある「カフェ103」の窓際で、いま、〈ボス《ジェット》〉と〈仲間《ネゴ》〉がこの場所を見下ろしながら〈ターゲット《ポロック》〉の所有者、ロレンダ・ボシュロムを相手にアフタヌーンティーの真っ最中……ということは、もちろん承知している。

しかしながら、今日のミリのミッションは、ＭＭの主任建築家《メイン・アーキテクト》として、スペシャル・ゲストに建設予定地を案内する、というものである。ミーティング結果に関するネゴからのコンタクトは、ガイド終了予定の九十分後に〈ハッチ〉が受信するはずだ。

自他ともに認めるアジアのハブ都市であるにもかかわらず、香港には現代的な美術館がない。世界に誇れる文化都市になるためには、その象徴となる美術館が必要だ——と、香港政府と世論の双方が結論し、五年後の完成を目指して巨大美術館ＭＭの建設が始まった。

　政府の威信をかけて建設されるこの美術館の建設予定地の面積は六万一千平方メートル、よくある喩《たと》えを用いるならば「東京ドームの約一・三倍」の面積だ。総工費は約五十億ＵＳドル（約六〇〇〇億円）。壮大な規模は間違いなくアジアを代表する美術館にふさわしい。

　建築家を決める国際コンペを勝ち抜いたのは、ミリが所属するスイスの建築事務所「Ｄ＆Ｄ」だった。まだ三十代半ばながら、ミリはその天才的な建築センスと仕事の正確さで、大プロジェクトの主任建築家に指名され、香港に派遣された。自分よりも年上のスタッフを含む二十人以上のチームを率いて、昼夜を分かたず仕事に勤《いそ》しんでいる。

　香港政府の関係者や、政府のゲストが建設予定地を視察するとき、そのガイド役としてミリはしょっちゅう駆り出される。今日も、言ってみれば「公立筋」のゲストである。が、やたら総工費の内訳について細かく聞きたがったり、どんな要人が視察に来るのかやたら知りたがったりするような、七面倒くさい役人やビジネスマンではない。純真で素朴な——と信じたかった——公立高校の生徒たちが、校外授業の一環としてミリの話を聞きにくるのだ。

「ぶわあ、こりゃあおったまげた。どこまでいっても終わりが見えないじゃないか」

背後で声がした。振り向くと、〈仲間〉たち——エポック、ヤミー、オブリージュが、揃って立っていた。おったまげた、とフェンス周辺を見回して感心しきりなのは、エポックだ。

「上から見たときは、なんだそんなにでっかくないじゃないか、って思ったけど……やっぱり近くまで来てみると、そうとうでかい美術館になるね、こいつは」

今朝、三人揃って「ザ・リッツ・カールトン香港」の一〇三階にあるダイニングで朝食を取りながら、建設予定地を上から眺めた。ヤミーとオブリージュは、これはそうとうなものだ、こんな大プロジェクトを任されたミリはやっぱりすごい、としきりに言い合ったが、エポックだけは「たいしたことないんじゃないの」と過小評価していた。世界遺産アヤ・ソフィアのすぐ近くで高級絨毯《じゅうたん》店を営む彼の目は、巨大建造物にすっかり慣らされているから、ぽかんと空いた土地を上から見てもあまりぴんとこなかったらしい。地上レベルから見て初めて「これはすごい」と気がついたようだった。

「いまは『地ならし』中ってわけですね。どのあたりが搬出入口になるんですか？」

ミリに手渡されたヘルメットを装着しながら、オブリージュが尋ねた。たとえ建設現場に赴くときでも、プレスの利いたスーツ姿で現れるのが彼の流儀だ。

「スーツにヘルメットもなかなか似合うわね、王子さま」と、ミリは貴公子を持ち上げてから、

「北側のハイウェイに近い場所あたりに搬出入口は作られることになるの。そのほうが、輸送的には楽でしょ」

ふーん、とヤミーが胸の前で腕を組み、興味深そうに鼻を鳴らした。はちきれそうな胸が、白いジャケットのボタンをいまにも飛ばしてしまいそうである。

「あたしたちにとっても好都合ね、それは。〈ルート〉をみつけやすいじゃない？」

「おいこら、べっぴんさん。仲間の仕事場を〈ターゲット〉にしようってんじゃないだろうな、ええ？」

すかさずエポックが口を挟んだ。ヤミーは、うふふ、と意味深な笑いを浮かべた。

「あら、〈ミッション〉となれば、あたしはやっちゃうかもよ。厄介かもしれないけど」

「僕は遠慮しますね。それがもとでミリとの関係にひびが入ったら……もっと厄介なことになりそうだ」

面倒なことが大嫌いなオブリージュが言った。「大丈夫、大丈夫」と、ミリは笑った。

「MMは、構造的にもシステム的にも、部外者侵入ができないように造るから。だって、この私が建築の責任者なんだもん」

と、そのとき。

「あのう……メガミュージアムの責任者の方……でしょうか」

引っ込み思案な声がした。四人は、同時に振り向いた。

少し離れたところに、制服を着た少年と少女が、ふたり並んで立っていた。ミリは、にこっと笑いかけた。

「ええ、そうですけど……湾仔高校の生徒さん？」

少年はうなずいた。ミリは、首をかしげた。湾仔高校の校外授業……確か、引率の教師の郭花春と、彼女のクラスの生徒三十五名が来ることになっていたはずだが。

「僕、張英才と言います。えっと……担任の郭花春先生は、今日、具合が悪くなったとかで学校を休んでしまって……クラスメイトも、その、先生が休みなんだから校外授業はキャンセルだ、って言って……結局、参加者は、僕と、栄玉蘭……のふたりだけ、です。あの……ふたりだけでも、ご案内いただけますか？」

ミリは、張英才と栄玉蘭の目をみつめた。ふたりの瞳は、かすかな不安を宿しつつ、好奇心で輝いていた。

もう一度、にこっと笑いかけて、ミリは答えた。

「ええ、もちろん。……ちょうどよかった、私の友人たちもツアーに参加することになったから」

「よろしく」とヤミー。「よく来てくれたね」とエポック。「一緒に楽しみましょう」とオブリージュ。それぞれに、手を差し出して、ふたりと握手を交わした。

ミリは、ヘルメットをふたつ、ふたりに向かって差し出した。

張英才は、少してれくさそうな表情で、ヘルメットを受け取った。その手に絵の具がこびりついているのを、ミリは見逃さなかった。少年の手は、まさしく、アーティストの手――だった。

Tuesday October 3　5:15PM

香港島　中環

九龍半島から海底トンネルで香港島につながっている地下鉄《MTR》が、中環《セントラル》駅に到着した。ちょうど帰宅ラッシュの時間帯だった。電車のドアが開くと、乗客がどっとホームに吐き出された。車両の中央に押し込まれていた張英才と、クラスメイトの栄玉蘭は、もみくちゃにされながらホームに出てきた。玉蘭が汗臭いビジネスマン風のおっさんに押しつぶされそうになったので、どさくさにまぎれて彼女の手を引っ張り、どうにかはぐれずにすんだ。はぐれたところで、ふたりにとってはいつも使っている駅だったし、そうなったらそうなったでそれぞれに帰宅するまでだったが、英才にとっては、クラス一人気の女子とふたりっきりで放課後を過ごせるめったにないチャンスなのだ、そうやすやすとはぐれてしまうわけにはいかない。

「はあ、すごい人。窒息するかと思った」

大きく息をついて、玉蘭が言った。制服のブラウスの襟元を指先でつまんで風を入れている。何気ない仕草だが、英才にはグッとくる。

「なんか、めっちゃ暑くなかった？　あの……よかったら、その……ちょ、ちょっとお茶していかない？」

女子をお茶に誘うのは、実は生まれて初めてのことだったが、ふたりっきりで——正確には、外国人の大人の男女が四人、一緒だったが——美術館建設予定地の視察をしたという快挙が英才を動かした。こういうのを「ダメもと」って言うのだろうか、ダメでもいいから誘ってみようと、勇気を振り絞った。

と、玉蘭は、にっこりと笑いかけてきて、

「うん、そうだね」

意外にも、すんなりオッケーしてくれた。っしゃ！　と英才は心の中でガッツポーズをキメたが、できる限りさりげない様子で、

「じゃあさ、ＰＭＱにでも行こっか」

と誘ってみた。

「わあ、ＰＭＱ大好き。行こ、行こ」

玉蘭は、想像以上に乗り気を見せた。おっとなんだこれは、いい感じでつかんじゃったぞ、と英才は、オンラインのクレーンキャッチャーゲームで狙いを定めた大物にリーチした気分になった。

ＰＭＱは、中環のハリウッド・ロード付近にある、旧警察宿舎をしゃれたショッピングスポットに改装した人気の場所だ。デザイナーズブティックや雑貨屋、カフェな

どがいろいろと入っている。女の子をデートに誘う先として鉄板の場所はここだと、英才はちゃっかりネットで調べていたのだ。

　今日の午後、校外授業で、アジア最大の美術館となる「MM」の建設予定地を訪問し、設計担当の日本人建築家・真矢美里の案内を受けた。美里の友人だという三人の男女——グラマーな美人のイタリア人、ふとっちょで髭《ひげ》のマリオみたいなおっさんトルコ人、妙に高貴な雰囲気のイケメンフランス人——も一緒だったが、実に楽しいツアーだった。建設予定地の想像を絶する広さもさることながら、英語による美里の説明はとてもわかりやすく、これはものすごい美術館ができ上がるぞ、ほんとうに香港はアジア最大のアートシティになれるぞと、英才の胸は期待ではちきれそうになった。

　ほんとうは、担任教師の引率で三十四人のクラスメイトとともに行く予定だったのだが、先生は高熱を出して学校を休むし、クラスメイトたちは先生がいないのなら当然校外授業はキャンセルだと、さっさと帰ってしまった。

　が、ツアーを楽しみにしていた英才は、どうしてもあきらめきれず、ひとりで行こうと学校を出て、MTRに乗った。ところがなんと、同じ車両に玉蘭が乗っていたのだ。

　まさかと思いつつ、よお、どこ行くの？　と思い切って声をかけてみたら、MMの建設予定地に行くの、だってせっかくのチャンスだし、行かないなんてもったいないじゃない？　と思わぬ答えが返ってきたのだった。

というわけで、まさかの栄玉蘭とふたりっきりで……いや、ぜんぜんふたりっきりじゃなかったが……美術館ツアー。いやいや、美術館といっても、影も形もなんにもなくて、向こう側がかすんで見えるほどの――実際PM2・5でかすんで見えた――更地を、砂漠を這《は》うサソリにも似たクレーン車が黙々とほじくっていたにすぎないのだが。

それでもなんでも、英才には、またとないほどすばらしい体験だった。

真矢美里は、ノートサイズのタブレットを使って設計図を見せてくれ、何もない土地を指し示しながら、ていねいに説明してくれた。英才は、全身を耳にして聴きながら、頭の中に巨大美術館をCG展開させてみた。

それは間違いなく、この上なく美しく、この上なくエキサイティングな美術館に仕上がるはずだ。そう、まるでよくできたモンスターのように。

英才と玉蘭は、ぽつりぽつり、会話の糸を細々と紡ぎながら、中環駅から皇后大《クイーンズ・ロード・》道中《セントラル》を歩いていき、ミッドレベル・エスカレーターに乗った。

ヴィクトリア・ピークが南側に迫っているこのエリアは、海と山のあいだをつなぐ急な坂道に店舗や住居やオフィスなど、雑多な建物が密集している。山の手へ移動するには、このエスカレーターを使うのがいい。セントラル・マーケットからハリウッド・ロード、ミッドレベルまで続く全長八百メートル、世界最長のエスカレーターは、昔むかしの香港映画「重慶森林《チャンキン・エクスプレス》（恋する惑星）」に登場し、一躍観光スポットになったらしい。

エスカレーターのステップに、玉蘭がさきに、英才があとに乗った。ゆるやかな傾斜をするすると昇っていく。かすかな夕風が吹き込んで、玉蘭の長い黒髪が揺れるのを、見たこともない野花であるかのように、英才は息を止めてみつめた。

「……あのさ」

突然、玉蘭が振り向いた。いつしか前のめりになっていた英才は、ぎょっとして体を引っ込めた。

「な、何？」

あわてて訊《き》くと、玉蘭は、実はそのことだけをずっと考えていた、という感じで、

「学生デモをどう思う？」

と尋ねた。瞬間的に何かを期待した英才は、なんとなくがっかりして、

「うーん、そうだな。えっと……」

言いよどんでから、

「……このままじゃ、なんだかわかんないうちに終わっちゃうんじゃないかな……と、思う」

正直に答えた。

「最初に声を上げた学生はすごいと思うし、それを本気でサポートした連中も、やっぱりすごいと思う。でもやつら、ほんとのところは、ここまで大きくなるとは思わな

かったんじゃないかな。すごいうねりになって、世界中のメディアも注目してるわけだし……」

　確かにいま、香港は世界の真ん中になりかけているかもしれない。

だけど、ここのところ、学生デモ隊と政府は睨《にら》み合いの膠着《こうちゃく》状態に陥っている。学生たちは香港政府のトップとの話し合いを要求しているが、政府はいまのところ受け入れてはいない。

が、世界が注目しているだけに、香港政府はなんらかのパフォーマンスをせざるを得ないだろう。そのうえで、いい頃合いになったら、きれいに幕引き、というシナリオを書いているだろう。

「おれもさ。……おれも、興味はあるよ。だけど、なんとなく、みんながそうしてるから自分も……っていうのはいやなんだ。なんかもっと、決定的なアクションが起きるときがくれば……そのときは、何もかも全部投げ捨てても参加したいって、思ってるんだ」

　英才は、いままで誰にも言わずに胸にしまっておいた自分の見解を、不思議なくらいすらすらと口にした。

　玉蘭は、エスカレーターのステップに後ろ向きに立ちながら、英才の意見にじっと耳を傾けていた。そして、全部聞き終わってから、「……そう」と短くつぶやいた。

——あれ……ちょっと言い過ぎちゃったかな。

ハリウッド・ロードの出口に到着したところで、ふたりはエスカレーターを降りて通りに出た。そして、アンティークショップやブティックが軒を並べる通りを、玉蘭がさきに、英才があとに、なんとなく黙ったままで歩いていった。

——なんだよ栄玉蘭。おれに言わせるだけ言わせて、自分はだんまり、っての？

玉蘭をなじりたい気持ちにもなったが、勝手に言いたいことを言ったのは自分のほうだ。別に玉蘭が何も意見を言わなくたって、それが彼女の姿勢なら、それでいいじゃないか。……と、沈黙に耐え切れなくなりそうな自分を自分でなぐさめた。

「——決定的なアクション……って？」

ふと振り返って、玉蘭が訊いてきた。英才は、あわてて、「え、なんだって？」と訊き返した。

あと三十秒でＰＭＱに到着というタイミングだった。カフェに落ち着いてから話したほうがよさそうなものだが、女の子っていうのは、こんなふうに先読みできないものなのだろうか。

「だから、さっき言ってたでしょう？　決定的なアクションが起きるときがくれば、全部投げ捨てても参加したいって。それって、たとえば、どういうこと？」

「え？　えーと、それは、その……」

ほんの十分まえに自分で言ったことなのに、どういうつもりで言ったのか自分でわからなくなり、英才はあたふたした。そのくせ、その言葉は、意外にも玉蘭の心にまっすぐ届いてしまったようだった。

英才は、自分の思考を必死にたぐり寄せて、思いがけず玉蘭の胸に刺さった自分の言葉の裏付けをしようと試みた。

「つまり……デモとか、話し合いとかじゃなくて……もっとこう、一撃で、みんなで今後のことを一緒に考えようぜ、とかって思わせる行動。そんな感じかな」

言いながら、それはいったいどういうことなんだ？　と英才は自分に問いかけた。

もちろん、デモ上等、話し合い上等だ。行動を起こさなければ、どんなことだって始まらないし、何も変わらない。だから、学生たちがあきらめずにしつこく行動し続けていることには、自分も共感を覚える。

だけど、せっかく行動を起こしても、結局何も変わらずに終わってしまったら……元も子もないじゃないか。

だったら、もっと違う行動を。世界を、あっと言わせるアクションを起こしてみたらどうだろうか。

「すごく強いメッセージ性のある、一度見たらそのさき一生忘れられないような……」

英才は、独り言のようにつぶやいた。玉蘭は、やはりじっと聞いていたが、

「だーかーらー。それって、たとえば、どういうことなの？」

もう一度、訊かれてしまった。英才は、うーん、と腕組みをして、

「……アートかな」

何気なく言った。

「アート？」

玉蘭に訊き返され、英才は、「そう、アート」と繰り返した。

「アートってさ、どんなメッセージでも作品の中に取り入れて、伝えることができる……すごく古くて新しいメディアだと思うんだよね。たとえば、パブロ・ピカソが描いた『ゲルニカ』って作品は、戦争に反対するアーティストの強い意志が込められてる。世界中の人がそれを知ってるし、描かれてから長い時間が経っても、反戦のメッセージはいまもちゃんと伝わってる。で、これからもずっと伝えられていく。……それって、究極なんじゃない？」

そうだ、そうなのだ——と、英才は、自分で話しながら静かに興奮してきた。

何かを強く訴えたいとき、誰かにメッセージを届けたいとき。アートこそが究極のメッセンジャーになり得るんじゃないか。

デモ上等、話し合い上等。だけどそれは、花火のように打ち上げられて、一瞬で消えていく。

もちろん、それは現状打破へのきっかけにはなり得る。けれど大事なのは、それが忘れられないこと。いまがだめなら、次の世代に継承されて、いずれ成就されること。このうねりが、一回限りの打ち上げ花火になってしまってはいけない。そうさせないためにも、別のアクションが必要だ。

そうだ、「ゲルニカ」のようなアートを（おお、もしかしてこのおれが）制作して、それをメガトン級のメッセージとして、みんなの目の前でバーンと披露するんだ！

「……ってちょっと待て、そんなことおれにできんのか？」

妄想が頭の中をぐるぐる巡って、英才は、ぶつぶつとつぶやき続けていた。

そばに佇んでいた玉蘭は、黙ったままで英才の様子をみつめていたが、やがて、くすっと笑い声を立てた。

「……ヘンなの」

それから、「行こ。お腹空いた」と、くるりと向こうを向いて、歩き始めた。

あとちょっとで考えがまとまりそうだった英才は、「えーっ？」と情けない声を出して、玉蘭の制服の背中を追いかける。

まったく、ほんとに、女の子っていう生き物は……よっくわっかんねーよな。

Tuesday October 3　10:25PM

香港島　湾仔

ネゴを乗せた高速エレベーターの金色の箱が、七十七階まで一気に上昇した。

車寄せがある三階から七十七階まで、上昇時間はわずか三十秒足らずだった。さすがはアメリカが誇るエレベーター会社、シンパシック社の最新型エレベーターである。〈仲間たち《メンバーズ》〉の〈ボス〉ジェットが、この老舗企業を買収して大いに話題になったのは、つい去年のことだ。エレベーターであれ産業機器であれ、ジェットは自分の美学に適合するもの以外興味がない。そういう意味では、この金色のエレベーター《ゴールデンボックス》は彼の厳しい審美眼にかなうものだったというわけだ。

湾仔という街は、古い雑居ビルと最新鋭のオフィスビルが同居して、独特の雰囲気をかもし出している。その中心部にある再開発地区にオープンしたばかりの台湾系の最高級ラグジュアリーホテル「Expect Hotels & Resorts」は、ジェットの傘下のホテルチェーンである。

世界の主要都市のほとんどに、しかもどの都市も好立地にジェットのホテルがあるというのは、〈指令実行《ラン》〉する際に非常に助けられる。〈ターゲット〉にリーチするための作戦会議は、最高レベルのセキュリティのもとで行われなければならない。仲間たちは、それぞれ誰もがアート界ではよく知られている第一人者であり、「特殊な活動」にかかわっているなどと知られれば、たちまち立場が危うくなるからだ。――もっとも、リスクを気にかけるあまり面白いことが何もできない小心者は、はなから仲間にはなり得ないのだが。

高層階エグゼクティブ・フロア、コーナースイートの部屋にネゴは向かった。ドアの前に立ち、呼び鈴を押そうとした瞬間に、ドアがすっと開いた。ドアの向こうには、白いブラウスの襟元のボタンをふたつ外して、長い金髪をゆるやかにまとめ上げたヤミーが立っていた。

「二十五分遅刻ね。全員、お待ちかねよ」

ネゴのキスを両頬に受けて、ヤミーが言った。

「僕と君、ふたりっきりじゃないんだな。残念だね」

ネゴがそう言って、くびれた腰をきゅっと抱くと、たちまちぴしゃりと腕を叩《たた》かれてしまった。

「Good《グッド》 fences《フェンシズ》 make《メイク》 good《グッド》 neighbors《ネイバーズ》（親しき仲にも礼儀あり）でしょ。お忘れなく」

つんとしてヤミーが言うと、

「いかなるフェンスも乗り越えるのが僕らのルールだろ」

ネゴがやり返した。

「おい、おふたりさん、何こそこそやり合ってるんだ？　さっさと来いよ、パーティーが始まるぞ」

隣室に続くドアから、エポックが髭面をひょっこりのぞかせて言った。

隣室に入っていくと、そこは広々としたリビングだった。その中央に、大型の液晶モニターが二台、並んでいる。モニターの向こうは全面が窓で、ヴィクトリア・ハーバーの夜景が夢のように広がっている。

「おお」とネゴが声を上げた。

「これはゴージャスな眺めだ。さすが『百万ドルの夜景』と呼ばれるだけのことはあるね」

「たったの百万ドルですか」と、オブリージュがそれを受けて言った。

「僕らの〈ターゲット〉は、少なくとも、一億とんで一USドルですよ、お忘れなく」

「わかってるって」ネゴは、サイドテーブルの上に置かれているシャンパングラスを手に取って、そう応えた。

「さしものネゴも、今夜ばかりはミセス・ロレンダ・ボシュロムとのクルーズディナーからは逃げて帰れなかったってわけね」

そう言いながら、ミリが、冷たい水滴が留《とど》まっているボトルクーラーから黒いボトルを取り上げて、ネゴのシャンパングラスに金色の液体を注いだ。ドン・ペリニヨン・プラチナ一九六九年は、景気づけにボスが仲間たちに贈ってくれた一本に違いなかった。

「ああ、まさかクルーズの途中で泳いで帰ってくるわけにもいかないからね」

ネゴはグラスを掲げると、一気に飲み干そうとしたが、「ちょっと待って」とヤミーがそれを止めた。

「まずはお待ちかねの仲間たちと乾杯しましょ。……ハロウ、ネバネス、オーサム。オンラインかしら？　こっちはようやく揃ったわよ」

長いL字形のソファに向かい合うようにして置かれてある二台のモニターが、ふっと明るくなり、白髪に銀縁メガネをかけたイギリス人女性――〈ネバネス〉――と、褐色の肌にカーリーヘア、丸メガネをかけた青年、インド系アメリカ人のラヤ・シン――通称〈オーサム〉――の顔が現れた。

『ハロウ、皆さん。こちらロンドンはそろそろ午後のお茶の時間よ。シャンパンで乾杯も結構だけど、酔っ払わないうちに、仕事の話をてっとりばやくしてちょうだいね』

メガネをくいっと持ち上げて、画面の中のネバネスが言った。

「少なくともおれは酔っ払わないよ」ムスリムのエポックが応えると、

『尊敬するわ、エポック』とネバネスがにこやかに返した。

『サンフランシスコはとっくに朝だよ。おれ完徹だし。早いところ指令をいただいて、そろそろベッドに潜り込みたいんだけど……』

あくびをかみ殺してオーサムが言った。子供の頃から「天才エンジニア」の呼び声が高かったオーサムは、六歳のときに昼夜逆転の生活になって以来、二十二年間それを貫いている、ある種の超人である。

「お待たせしてごめんなさい。いま、ボスにつなぐわ」

ミリが言って、腕に巻いた〈ハッチ〉のスイッチを押した。

と、分厚いカーテンが動き出し、左右から中央へと寄せられてぴったりと閉まった。同時に、天井から大きなスクリーンが下りてきて、床ギリギリの位置で、これもぴたりと止まった。

ミリは、真っ白なスクリーンに向き合うと、話しかけた。

「ハロウ、ジェット。『アノニム』七人、揃いました」

ネゴ、エポック、オブリージュ、ヤミー。それぞれ、スクリーンに向かい合った。ネバネスは、モニターの画面の中でにっこりと笑いかけ、オーサムは親指を突き出した。

スクリーンが切り替わり、〈ボス〉ジェットが現れた。口元に、かすかな笑みを浮かべている。

『やあ、諸君。……多忙を極める中、お集まりいただき、感謝する』

そして、厳かな面持ちになって告げた。

『今回の指令を伝える。……心して聞きたまえ』

――ジャクソン・ポロック「ナンバー・ゼロ」を、贋作《がんさく》にすり替えよ。

絶対に、誰にも気づかれないように――。

Tuesday October 3　4:00PM

モナコ公国　モンテカルロ

紺碧《こんぺき》の海を背景にして、モンテカルロの市街を見渡す小高い丘の坂道を、黒塗りのジャガーＸＪが滑るように進んでいく。

　車が到着したのは、黒い鉄門がぴっちりと閉じられた邸宅の入り口である。セキュリティセンサーが車のナンバープレートを検知し、キュルキュルと音を立てて門扉が開く。向こう側が見えないほどの広大な敷地内の小《こ》径《みち》をゆるやかに走っていくと、真っ白に輝く大邸宅が見えてくる。ギリシャ風の列柱が立ち並ぶ玄関は、個人の邸宅というよりも、最高級ホテルと呼んだほうがしっくりくる。

　実際、この邸宅の主《あるじ》は、世界各地に最高級ホテルをいくつも所有している。ただし、本人はこの家からほとんど一歩も出ず、どのホテルにも泊まったことがない。自宅にいながらにしてホテルライクな暮らしを送っているのだから、わざわざどこかに泊まりにいく必要などないのだ。

　車回しに入っていったジャガーは、正面玄関前のポーチでぴたりと停止した。観音開きのドアが両側から開き、中から黒服を着た男たちが数名、足早に出てきた。その中のひとり、白髪をきっちりとなでつけ、燕尾《えんび》服にグレーのタイを締めた男が、車の前に背を伸ばして立つ。白い手袋をはめた別の男が後部座席のドアを開けると、暗い窓の向こうから、黒髪の大柄な男が現れた。

彫りの深い浅黒い顔。たくましい眉《まゆ》の下の黒い目が、ぎょろりと正面を見据えた。彼の目の前に直立していた白髪の男が、うやうやしく頭を下げて、フランス語で言った。

「ようこそお越し下さいました《ビヤンヴニュー》、ヘロデさま《ムッシュウエロデ》」

〈ヘロデ〉と呼びかけられた男は、無言でうなずくと、黒いトレンチコートを着込んだまま、邸《やしき》の中へ入っていった。翻ったコートの裾《すそ》に黒貂《くろてん》の毛皮のライナーがちらりとのぞく。大理石の床をカツカツと蹴《け》って進むハーフブーツは、フィレンツェのグッチ本店で特別にオーダーしたものだった。

　長い廊下の壁と床、すべてに白い大理石が張り巡らされ、壁にはクリスタルの輝く照明が取り付けられている。五メートル間隔でマホガニーのチェストやナポレオンスタイルの肘掛《ひじか》け椅子が置かれており、チェストの上にはバラとユリがこんもり盛られたセーヴル窯の大振りの花瓶が載せられている。花々の香りだけでもじゅうぶんだろうに、ごていねいに「ドットール・ヴラニエス」の赤ワインの香りのルームディフューザーの大瓶までが花瓶の隣に鎮座している。――そう、この館《パレス》の主〈ゼウス〉が極端なきれい好きである――いや、むしろ潔癖症といったほうがいい――ことはヘロデもとっくに心得ていることだった。
〈ゼウス〉がモナコにこのパレスを構えてから、かれこれ十年以上になるだろうか。我が君《モン・ロウ》が一向に外へ出ようとしないのは、まさかモナコ港《ポール・エルキュル》が生臭いからだとか、そんな理由じゃあるまいな。

　廊下の突き当たりにエレベーターがあり、ヘロデはこれに乗り込んだ。このパレスは、十八世紀のフランス、ルイ王朝時代の貴族の館《やかた》をコピーした三階建ての現代建築だった。エレベーターは当然のこと、敷地内にはヘリポートもある。パレスのセキュリティは最高レベルの布陣であり、出入りするすべての人間には「虹彩認証《アイリス・リコグニション》」が求められる。ゆえに、パレスの中には蟻一匹とて入ることは許されない。

――まあ、少なくともこのおれは蟻以上の価値はあるってわけだ。

エレベーターに乗り込みながら、ヘロデは自嘲《じちょう》気味に笑った。

レリーフが彫り込まれた金色のドアが閉まる。そういえば、このドアも真鍮《しんちゅう》などではなく、純金でできているのだった。エレベーターのドア一枚にもとことん金をつぎ込まなければ気が済まない。〈ゼウス〉はそういう男なのだ。

エレベーターは三秒で三階に到着した。金色のドアが音もなく開く。フロアに出てすぐ左手にある、バロック風の凝ったレリーフが施されてある巨大な扉の前にヘロデは佇んだ。

ピッ、と電子音がして、扉が真ん中から左右に開いた。その向こうに立っていたのは、玄関先でヘロデを出迎えた白髪の男、このパレスの支配人で〈ゼウス〉の執事、エリオットだった。

「我が君がお待ちかねです」

まったくこの男にはいつも驚かされる。瞬間移動をしたんじゃないかと思われるほどの機敏さで、彼の主人やその客人を先回りして出迎えるのだ。「お出迎えすること以外、わたくしにはさしたる仕事はございませんので……」と言っていたことがあるが、なかなかどうして、〈仲間《アソシエ》〉に加わってほしいくらいだ。

ヘロデが部屋に一歩足を踏み入れると、たちまち背後でドアが閉まり、ガシャリと鈍い音を立てて施錠された。

ヘロデは背中にぞっと悪寒が走るのを感じた。何度訪問しても、この部屋には慣れない。どうも袋小路に追い詰められたネズミのような気分になってくる。

足が埋《うず》まるほどふかふかのペルシャ絨毯が敷き詰められた部屋の中を、エリオットの生真面目なジャケットのスワロー・テールがなびくのを追いかけるようにして、ヘロデは前へと進んでいった。

その日、パレスの主の部屋——正確に言えば、主が鎮座しているのはさらに奥まったところにある部屋で、そこに至るにはもうひとつ大きな部屋を通過しなければならない——を満たしていたのは、ベルガモットがベースの柑橘《かんきつ》系の香りだった。天井からはまばゆいばかりのクリスタルのシャンデリアが下がっている。壁には最高級のシルクで織り上げた濃紺の壁布が張り巡らされているが、その上に絵画のたぐいは一点たりとも飾られていない。その代わりに、壁布には無数に黄金のキャピタルレター〈Σ〉がちりばめられている。これは、ギリシャ神話に登場する全能の神・ゼウスのギリシャ語表記〈ＺＥＹΣ〉から、もっとも印象的な一文字を拾ってデザインしたものだ。

——〈ゼウス〉だなんて呼ばれて、いい気になってるとはな。……とんだ物好き爺《じい》さんがいたもんだ。

このパレスに出入りを始めた頃、ヘロデはそんなふうに思っていた。

人間、なかなか自分のことを全知全能の神になぞらえたりはできないものだ。そりゃ畏《おそ》れ多いってもんさ。自分なら、せいぜい〈アポロン〉くらいにしておくだろうに。いや待てよ、〈アポロン〉といえば、美貌《びぼう》の青年の姿をした太陽神じゃないか。そっちのほうがよっぽどおこがましくはないか？

突き当たりに、さらにドアがあった。赤茶色のペンキがぼろぼろに剝《は》げた安っぽい木製のドア——このドアだけが、パレス内にある百を超えるどのドアにも似ていない。なぜならそれは、アルルの下町にかつてあった古い一軒家のドアを再利用したものだからだ。

なんでもそのドアは、十九世紀末、フィンセント・ファン・ゴッホがポール・ゴーギャンと共同生活を送った場所、通称「黄色い家」のドア……なのだそうだ。その家は、歴史的建造物となる以前に、一九四四年、戦災で破壊されてしまったという。その瓦礫《がれき》の中から拾い出され、いまこうして、この宮殿《パレス》のいちばん奥まった部屋のドアとなっている。――本当なのかデタラメなのか、まったくわからないが。

「ゴッホのドア」の前でぴたりと足を止めると、エリオットが振り返った。そして、主治医よろしく威厳に満ちた表情を作ると、ヘロデに向かって小声で告げた。

「本日、我が君は大変ご不快です。お話があまり長時間に及びますと、発作《アタック》が起こるやもしれません……ご配慮のほどを」

ピクリと太い眉を動かして、ヘロデは「……心得た《ダ・コー》」と答えた。

ぼろぼろのドアの中央に付けられている、ほっそりした女性の手の形をしたドアノッカーをつまみ上げると、エリオットは、コン、コン、コン、と三回、生真面目な音を立ててノックした。ヘロデは、背筋を伸ばし、小さく咳払《せきばら》いをした。いつものように、厭《いや》な汗がじんわりと滲《にじ》み出るのを背中に感じる。

エリオットは、ポケットからクラシカルな懐中時計を取り出すと、それに視線を落として、きっかり十秒間、待った。返事がない。十一秒後、忠実な執事は、すっぽりともげて落っこちてもおかしくないようなドアノブを慎重に回し、まったく音を立てずにドアを開けた。

「ヘロデさまがお見えになりました」

エリオットがおごそかに告げた。その脇をすり抜けると、ヘロデは、ゆっくりと主の部屋の中へ入っていった。

がらんとした、空っぽの部屋である。玄関から廊下、エレベーターのドアに至るまで、パレスを埋め尽くしている圧倒的な調度品や装飾のたぐいはいっさい見当たらない。ちょっとした展示室ほどの大きさは、ちょうど、ルーヴル美術館のドゥノン翼二階展示室6「国家の間」——かの〈モナ・リザ〉が展示されている——と同じなのだと、以前エリオットに教えられた。——まさか、最後に〈モナ・リザ〉をここに運び込もうと目論《もくろ》んでいるんじゃあるまいな、とそのときもぞっとしたのをよく覚えている。

部屋には窓がなく、四方の壁は真っ白に塗られていた。足下はオークの白木のフローリングである。きっちりとした立方体に仕上がった空間は、さながら現代アートのギャラリーのようである。

そのホワイト・キューブの真ん中に、巨大なイーゼルが置かれていた。軽く三メートルくらいのカンヴァスを載せられそうな、がっしりとした新品のイーゼルである。しかしそこには何も載せられていなかった。

空っぽのイーゼルの前に、粗末な木の椅子が一脚。そして、それに腰掛けている、ずんぐりとした小さな後ろ姿——。

靴音が響き渡らないように細心の注意を払いながら、ヘロデは、その後ろ姿に向かってゆっくりと歩み寄った。

——あまり近づき過ぎてはいけない。安っぽいヘア・リキッドの臭いがする、近寄るな、と言われて出入り禁止になった密売人《ディーラー》がいた。その男の名前が、その後、闇市場《ブラック・マーケット》ですっかり聞かれなくなったことも、ヘロデは承知していた。

イーゼルまであと十歩、というところで、ヘロデは足を止めた。すっかり剃《そ》り上げたスキンヘッドに清潔な白いシャツを着込んだ後ろ姿は、空っぽのイーゼルに向き合ったままだ。ヘロデは、後ろ姿に向かって最初に投げかける言葉を慎重に選んだ。なにしろ相手は全知全能の神なのだ。加えて本日は大変ご機嫌斜めときた——。

「——どう思う?」

白いシャツの背中が、突然問いかけた。ヘロデは、ピクリとたくましい眉を動かした。

——どう思う、って何が? けっしてそんなふうに答えるわけにはいかない。〈ゼウス〉が聞きたいのは、自分が満足できる答えだけなのだから。

「ええ……すばらしいですね。実に見事です」

ヘロデは、やはり慎重に言葉を選びながら、抽象的な返事をした。なんでもいい、とりあえず持ち上げてほめそやしておく。そうしているうちに、〈ゼウス〉の求める答えがなんなのか、思いつくはずだ。

「そう思うか？　見事だと……？」

しゃがれた声が返ってきた。ヘロデは、愛想笑いの顔をして、「ええ、もちろんですとも」と続けた。

「壁はまぶしいほど白く塗り上げ、床はライトベージュのオークのフローリングに張り替えて、照明もユニヴァーサルに動く可動式スポットライトに替えたのですね。完璧なホワイト・キューブだ……すばらしい」

そこまで言ってしまってからは、次に言うべきセリフは自然に口からこぼれ出た。

「思い出します。……前回、この〈神殿《パレ》〉に上がったときには、四方の壁はバーガンディ・レッドのシルクの壁布で輝き、天井からはバカラの総クリスタルのシャンデリアが下がっていました。そして床にはイスファハンの職人たちが何年もかけて手織りした、まるで花畑のように華麗なペルシャ絨毯が敷き詰められて……」

あのときの〈生贄《サクリファイス》〉には、そういうインテリアがぴったりだったからだ。〈ゼウス〉は、〈サクリファイス〉が捧《ささ》げられるそのときどきのおごそかな儀式に合わせて、この部屋の内装をすっかり替えることを忘れない。全知全能の神は、きわめて神経質で、繊細で、どうしようもないロマンティストなのだ。

ヘロデは、大げさにため息をつき、感極まったように頭を大きく左右に振って、賛辞の言葉を続けた。

「そしてまた、今回のこの内装ときたら……ああ、実に見事です。しびれますね。テート・モダンの展示室だって、こうはいかないでしょう。ちなみに……内装の設計担当は、ロレンゾ・ピケラスでは？」

「違う」とすかさず後ろ姿が言った。「レンゾ・ピアノだ」

「ああ、これは失礼」

ヘロデは舌打ちしたくなった。ピケラスは〈モナ・リザ〉が収まっている防弾ガラスのケースをデザインした建築家だ。上質なジョークのつもりで言ってみたんだが……。

「言い間違えました。ロレンゾ、ではなく、レンゾ。数々のすばらしい美術館の設計者ですね。パリのポンピドゥー・センター、バーゼル郊外のバイエラー財団、ヒューストンのメニル・コレクション、ベルンのパウル・クレー・センター、銀座《ぎんざ》の『エルメス』……」

「『エルメス』は美術館ではなかろう」

間髪を容《い》れずに訂正してくる。

「そうでした。関西国際空港も……美術館ばりに美しい空港ですがね」

ノってきたぞ、とばかりに、ヘロデはそう付け加えた。

「いずれにしても……次なる〈サクリフィス〉に、これほどすばらしいしつらえはないでしょう。めったに手に入れられない、現代アートの傑作《マスター・ピース》ですからね……」

剃り上げた頭が、かすかに動いた。横顔——わずかに鼻の先が見える程度だったが——に、ほんの少し笑みが浮かぶのを、ヘロデは確かに見た。

「——確実に手に入るんだな？」

静かな、しかし凄《すご》みのある声色で、〈ゼウス〉が訊いた。ヘロデは、口角を吊《つ》り上げてにやりと笑った。

「ええ。盗品をお持ちするのとはわけが違います。——正々堂々、オークションで落とすんですから」

そうなのだ、次なる〈サクリフィス〉はかなり大きい。展示室の窓をぶち破って奪い去るにはリスクが大き過ぎる代物だ。そんなとき、〈ゼウス〉がどうするかといえば——答えは簡単、浄化済みのじゅうぶんな資金をつぎ込んで、狙った獲物を「正当に」自分のものにする。それだけの話なのだ。

この男は、金でどうにかできないことはこの世にはないことを誰よりも心得ている。その信念が、彼をいささか過剰にドライブさせている。

とにかく〈ゼウス〉は、千人分の人生をフルに生きたって使い切れないほどの金を持っている。いくつもの投資会社やヘッジファンドの会社を運営し、ＩＴ企業やメディアを傘下に入れ、老舗デパートや老舗ホテルを買収し、どうやら兵器や武器の売買にもかかわっているこの男の素性を、ヘロデは何ひとつ知らない。本名も、年齢も、生まれ故郷も、家族がいるのかいないのかも——血が通った人間であるのかどうかさえも。

〈ゼウス〉に関して、ヘロデがただひとつわかっていること、それは、この男が「ほしい」と思った美術品を、問答無用で奪い取り、必ず我がものにする、ということだ。

ケイマン諸島でマネー・ロンダリングにかかわっていたヘロデは、ある美術品の「洗浄」を任されたのがきっかけで、〈ゼウス〉の配下となって動くようになった。〈ゼウス〉の仕事は手っ取り早く金になった。〈殺し〉は絡まないから気も楽だ。それに、自分にはちょっとばかり絵心がある。〈ゼウス〉には教えていないが、ヘロデの曾祖父は世界でもっとも知られた画家、あの「Ｐ・Ｐ」だったらしい。その画家の隠し子がヘロデの祖母で、その娘がヘロデの母で……と、本当かデタラメか、わかったもんじゃないが、とにかくそういうことだからか、ヘロデは子供の頃から絵を描くのが好きだったし、どんなに難しい画家の名前もすらすらと暗記できた。だから、アートにかかわる〈ゼウス〉の仕事は、自分にとっては天職だと信じている。

何がきっかけで〈ゼウス〉が徹底的に美術品を——そのほとんどが盗品で闇取り引きされているものだった——集め始めたのか、まったくわからない。しかし彼には特有の哲学があった。

めったなことでは手に入らない、超一流の美術品でなければならない。それが、彼が所有するに値する美術品に求められる、ただひとつの条件だった。

では、それはいったいどういう作品か？　そういった作品には二種類ある。ひとつには、とてつもなく高額であること。それならば、その作品を買うことができるのは、世界じゅうで彼を含む数十人しかいないはずだ。そしてもうひとつには、盗品であること。美術館から略奪してきたものであれば、それはまちがいなく超一流であり、決して公式な市場に出てくることはないものだからだ。

〈ゼウス〉の哲学は、実に風変わりで、実におもしろかった。この男の生きざまに奇妙な共感を覚え、彼のために自らも美術品の窃盗にかかわるようになって、とてつもないスリルを味わいもした。

ヘロデは〈ゼウス〉の望むままに、主に盗品をこのパレスへと運んだ。かなりの数を仕入れたと思う。ちょっとした小規模な美術館ならいつでも開けるくらいに。

しかし、〈ゼウス〉の欲望は、ヘロデの想像をはるかに超えて、尋常ではない方向へと膨らんでいった。

ヘロデが〈ゼウス〉のもとに出入りし始めた頃、この男がおかしな物言いをすることに気づいた。彼は、自分が手に入れたいと望む美術品を〈サクリフィス〉と呼んだ。盗人《ぬすっと》たちがよく使う隠語〈獲物《ターゲット》〉ではない。――〈生贄《サクリフィス》〉と呼んでいたのだ。

――生贄《いけにえ》とは、おだやかじゃないね。

血を見るのが何より嫌いなヘロデは、この男の真の目論みが実はきわめて血なまぐさいものなのではないかと想像するようになった。〈パレ〉に足を踏み入れるたびに、ぞっと悪寒が走るのはそういう理由からだった。

たしかに自分はまともじゃない、いまではその世界じゃよく知られた美術専門の窃盗団のリーダーだ。が、〈仲間《アソシエ》〉たちには、どんなに乱暴なやり方で美術品を略奪しても、殺しだけはするなときつく言い聞かせている。血を見たくないということもあったが、実は美術品の窃盗は殺人に比べればはるかに非道ではない。たとえそれが〈モナ・リザ〉であっても――彼女を返せと泣きわめき、さもなければ犯人を殺すと騒ぎ立てる遺族はいないのだから。

この〈パレ〉にやって来る作品がフェルメールであろうと、ゴッホであろうと、ピカソであろうと、それらに命があるわけじゃなし、決して血が流れることはない。たとえそれらが〈サクリフィス〉と呼ばれたとしても、だ。

だったら、せいぜい、このいかれた暴君の「生贄ごっこ」に付き合ってやろうじゃないか——と、ヘロデは心に決めたのだった。

「オークションは、いつ、何時からだ？」

空っぽのイーゼルに再び向き合うと、〈ゼウス〉が訊いた。ヘロデは、空っぽのイーゼルを透視でもするかのようにみつめて、答えた。

「三日後、香港時間の十九時から……モナコ時間の十三時スタートです。あなたの〈サクリフィス〉が登場するのは、順当にいって開始から一時間後……」

向こうを向いたまま、〈ゼウス〉が立ち上がった。ヘロデは、思わず、一歩後ろに退《ひ》いた。

「落とせるのか？」

そう言って、振り向いた。その顔いちめんに肉色の傷が広がっていた。ただれたまぶたはかたく閉ざされ、もはや永遠に開くことはなかった。

「——はい。必ず」

ヘロデは、のどもとで止めていた息を放って、はっきりと答えた。

「このパレスへ連れてきましょう。あなたの〈サクリフィス〉——ジャクソン・ポロックを」

Wednesday October 4　11:10AM

香港島　金鐘　ワン・パシフィック・プレイス

サザビーズ香港の会議室で、今日から始まる一連のオークションの段取りについて、最終の打ち合わせが始まった。

会議室の中央にある大きな楕円《だえん》形のテーブルを囲んで、サザビーズのメンバーが着席している。サザビーズ香港の社長、ジョニー・ラウは、金鐘の高層ビルが林立する風景を映し出している窓を背にして座っている。その右横には秘書のジェシカ・リー、左横にはサザビーズ香港の営業部長、レイモンド・ツォイが陣取っている。そのほか、香港のメンバーが五名、サザビーズ・ニューヨークから参加しているメンバーが三名、ロンドンから二名、シンガポール、クアラルンプール、台北《タイペイ》からそれぞれ一名ずつ。それぞれが、ラップトップパソコンをテーブルに載せて、真剣な面持ちで画面に見入っている。

サザビーズ・ニューヨークのオークショニア、パトリック・ダンドラン――通称〈ネゴ〉は、ジョニー・ラウの真向かいに座っていた。ジョニーの背後に迫る高層ビル群を眺めていると、なんとなくマンハッタンのオフィスにいるような錯覚を覚える。

会議室の内装の品のよさも、しびれるほどに冷やさなければ気が済まない空調の効かせ方も、マンハッタンのそれとよく似ているのだ。唯一、違うことといえば、朝いちばんの会議に薄くてまずいコーヒーではなく、香り高い中国茶が出されることだった。今回の香港でのセールは、中国古美術、アジア現代美術、中国陶磁器、宝飾品、モダン・ファニチャー、ワインなどのカテゴリー別に、三日間の日程でオークションが開催される。モダン・アートと現代アートの目玉作品が続々と登場するメイン・セールは、最終日となる金曜日の夜七時スタートだった。

それぞれのセールには担当のオークショニアがついていて、オークションの運び方、盛り上げ方を事前に検討する。入札者《ビッダー》は事前に登録が必要なので、オークショニアは、どのような人物が参加するのか——つまりどれくらいの財力を持った人物が、どれくらい本気で競り込んでくるのかを分析することができる。ビッダーのプロフィールを照らし合わせ、ライバル同士をどうやって競り合わせるか、どの程度競り上げられるか、作戦を練っておくのだ。

一度きりのオークションで落札総額が数億USドルにものぼるのがメイン・セールである。印象派・近代美術の超大物が出品されるのは、通常、ロンドンとニューヨークで春と秋に行われるメイン・セールだ。

しかし、ここのところ世界中のオークションハウスで、アジア系バイヤーの台頭が著しい。特に中国系のバイヤーは、アラブ系のバイヤーと同等かそれ以上にアグレッシヴな買い方をする。従って、中国系バイヤーを意識して、サザビーズは香港でのセールにも力を注いでいる。今回のメイン・セールに、ジャクソン・ポロックの未発表作などという超目玉作品を登場させるのも、アジア・マーケットが急速に成熟してきたからにほかならない。

このポロックをめぐっては、すでに複数名の本気《シリアス》なバイヤーが名乗りを上げていた。欧米では「巨匠」であるとの認識がもたれていても、実はアジアではあまり知名度が高くない抽象表現主義のアーティスト、ポロックをぶつけることに、リスクがないわけではない。もしもバイヤーが現れなかったらどうしたらいいだろうかと、ジョニー・ラウは密かに気をもんでいたようだが、それはまったくの杞憂《きゆう》に終わりそうだった。

「さて、問題のポロックですが……」

メイン・セールに出品される二百点近くの作品とそれぞれ事前に把握している入札希望者のプロフィールを確認してから——もちろん、当日予定外の入札をしてくる「知られざる入札者《アンエクスペクティッド・ビッダー》」もいるのだが——最後の議題として、営業部長のレイモンド・ツォイは、ポロックの「ナンバー・ゼロ」を机上に載せた。

「相当熾烈《しれつ》なビッド競争《レース》になりそうです。ひょっとすると、予想落札価格《エスティメイト》をかなり上回るかもしれないですよ。そうですね、パトリック?」

「ええ、そうです。その通り」と、ネゴは落ち着き払って答えた。

「現状で、電話入札希望者《テレフォンビッド》が二十三名、エントリーしています。会場でも、十名以上のVIPがパドルを持って参加予定です。全員、申し分のない資金を有している本気の入札者《シリアス・ビッダー》です」

ジョニーは考えを巡らすそぶりで、ラップトップパソコンとにらめっこをしている。ややあって顔を上げると、ネゴに向かって問いかけた。

「エスティメイトは三千万から四千万USドル……だが、あなたの予想は違うんですね、パトリック?」

「ええ」とネゴはやはり落ち着き払って返した。

「ケタが違います」

「というと……?」

ジョニーがたたみかけるように訊くと、ネゴは、にやりと笑みを浮かべた。

「一億USドル。あるいは、それ以上です」

誰からともなく、ほう、とため息が漏れた。ジョニーは、ぱしっと音を立てて両手を合わせると、「いや、そうこなくっちゃ」と弾んだ声を出した。

「もしも、ポロックが一億ドルで落札されたら……そう、ニューヨークでもロンドンでもなく、香港《ここ》で……これは、すごいことになるぞ。ここがアートマーケットの中心になる。世界の真ん中になるってことだ」

「ずいぶん強気ですね、パトリック」

レイモンド・ツォイが少々面食らって言った。

「私の手元にあるビッダーのリストを見る限り、正直、ポロックにそこまでの大金をつぎ込む顧客がいるようには思えませんが……」

「おや、君には教えなかったかな、レイモンド？　私には透視能力があるんですよ。リストに載っている顧客の後ろに、いったいどんな人物が潜んでいるのか……」

冗談めかしてネゴが言った。テーブルを満たしていた緊張感が緩んで、笑い声が軽やかに沸き上がった。

「いやいや、私はあなたを信じますよ、パトリック。あなたが特別な職能《プロフェッション》を持っていることは、もうとっくにわかっていますから」

ジョニーが、実に愉快そうに笑いながら言った。

「それはどうも」

そう応えて、ネゴは微笑した。

特別なプロフェッション——その通りだとも。

通常、オークションに参加を希望する者は、事前に登録をしなければならない。ひやかしの参加を避けるためでもあるが、入札希望者に支払い能力があるかどうかをオークションハウスがチェックするためでもある。

　参加希望者は、経済状況や取引先銀行などの個人情報をオークションハウスに与えることとなる。オークションハウスは、場合によっては、取引先銀行に参加者の経済状況を事前に確認することもある。

「大物」を狙っている参加者は、多くの場合、公にその名をさらしたがらない。オークションテーブルの上に載せられた傑作を個人の所有とすること、そしてそれを他者に知られることには、さまざまなリスクが伴うからだ。傑作の新たな所有者となった人物は、その姿や名前を匿《かく》したほうが、何かと穏便にいくというものだ。財産目当てに群がってくる有象無象を避けるためにも――たとえば盗難の危険性を排除するためにも、そうしたほうが得策に決まっている。

　もちろん、オークションハウスに事前登録される個人情報は、きわめて機密性の高いものであり、そのデータは何重にもセキュリティ・ロックがかけられて管理されている。サザビーズのセキュリティ・レベルの高さは、ＣＩＡのそれよりも高いはずだ――ＣＩＡのように、どこぞのネットリークスのような外部からの侵入者に破られる可能性はほぼゼロに近い。外部どころか内部ですら、ごく限られた上層部の関係者以外はアクセスできないようになっているのだから。

当然ながら、ネゴは「ごく限られた上層部の関係者」のひとりである。そして彼は、サザビーズではなく、彼自身のネットワークを通して、顧客情報の裏の裏までを把握している、おそらくはたったひとりの人物なのだった。

サザビーズ香港のオフィスで、ラウンドテーブルを囲んでいるサザビーズの関係者たち。彼らの手元にあるエントリー・リストには、会場や電話でビッドする予定の「ビッダー」の名前と、彼らの背後にいる真の「顧客《クライアント》」――作品の購入代金を支払うのは彼らだ――の名前、その両方が並んでいた。しかし、ネゴは、その中に仮名で登録している人物がいること、その人物の裏の裏の裏には、決して表に出てこない「闇《ダーク・》の顧客《クライアント》」が存在していることを把握していた。

――できるだけ熾烈な競り合いにして、史上最高額の落札価格に持ち込んでほしい。

ネゴの〈ボス〉、ジェットの言葉が脳裡《のうり》に蘇《よみがえ》る。

――ネゴ、君の腕にすべてがかかっている。うまく煽《あお》っていってほしい。最低ラインは一億USドルだ。それ以下のプライスで、絶対にハンマーを振り下ろさないでくれ。

ゆうべ、ジェットの傘下である高級ホテル「Expect Hotels & Resorts」のスイートルームで、〈仲間《メンバー》〉たちに〈指令《ミッション》〉が与えられた。――三つのミッションである。

第一《ファースト》ミッション。二日後に開催されるサザビーズのメイン・セールの目玉として登場するジャクソン・ポロックの「ナンバー・ゼロ」を、最高落札価格で落札させること。

第二《セカンド》ミッション。落札されたポロックの作品を「贋作」にすり替えること。

そして、第三《サード》ミッションは——。

ラップトップパソコンの画面を食い入るようにみつめながら、熱心にエントリー・リストを分析していたレイモンドが、ふと顔を上げて言った。

「このビッダー……ええと、これはなんと読むんだ……フランス人ですね、ええっと、ジャック……ジャック・フランソワーズフロマンタント、エ、エリーデブル、ブルゴールドリクレルール、という人は、その……」

「ジャック＝フランソワ＝フロマンタン＝エリ＝ド・ブルゴー＝ドリュクレー、ですね」

すらりとネゴが返した。

「そうです、そう。その人」と、レイモンドがあわてて言った。

「データによれば、このビッダーは、いままでも複数回サザビーズのオークションに参加して、落札していますね。落札記録を見ると、ロンドンで五回、ニューヨークで四回……いずれもコンテンポラリー・アートのセールで、彼が落札した最高額は八十九万USドル……」

「正確には八十九万一千USドルでした。昨年の春のニューヨークのセールで、落札したのはタカシ・ムラカミの作品です」

と、ネゴは、顧客別落札データをパソコンでチェックするまでもなく即座に言った。仲間《オブリージュ》のデータは、どの顧客データよりも正確に頭に入っている。さもなければ、高飛車な王子さまから、勉強不足ですね、と突っ込まれてしまうのがオチだ。

レイモンドは、ネゴの情報をデータと照らし合わせて、「そうですね。おっしゃる通りです」とうなずいた。

「このビッダーは、ポロックの競りに名乗りを上げていますが、真剣《シリアス》なバイヤーなんでしょうか。落札のレコードを見る限り、ポロックを持ち帰れるほどの財力はないように思えますが……」

「お言葉ですが、レイモンド」ネゴは、いかにも温和な表情で答えた。

「彼はフランス貴族の末裔《まつえい》で、フランス国内にシャトーをいくつも有する大変裕福な人物です。その上、超人気のファッションブランド『dBD《デ・ベ・デ》』のオーナーでもあります。あなたの奥さまも、バッグのひとつくらいお持ちなのでは？」

「私の妻は三つ持っているな。『dBD』のロゴ入りバッグ……」

と、口を挟んだのは社長のジョニーだった。うーむ、とレイモンドが低くうなった。

「しかし……香港のセールでは初見ですね。それでいきなりポロック狙いとは……なんとなく、作意を感じるなあ」

ネゴは、ピクリと眉を動かした。が、にっこりと笑みを作ると、

「彼は正真正銘の現代美術コレクターですよ。いずれシャトーのひとつを美術館にするつもりだと、以前言っていました。そのためにも、ポロックは目玉になると思っているのでしょう。私の見込みでは、彼が競り上げてくる可能性が高いです」

と、自信に満ちた声で言った。ほう、と再びため息がテーブルを囲む人々から漏れた。

レイモンドは、またもや画面を食い入るようにみつめると、

「では、このビッダーはどうでしょうか？　ダリダ・フィオレンティーナ……彼女も、香港では初見ですね」

「ええ、そうですね」とネゴは、またもや仲間《ヤミー》の名前が挙げられたことに内心ひやりとしたが、そんな感情はおくびにも出さずに、あっさりと返した。

「ミズ・フィオレンティーナは、ロンドン、ニューヨークのセールでは常連です。それに、最近はドバイでも……。彼女はやり手のディーラーで、豊富な資金を有するクライアントを多数抱えています。クライアントの代理として、ビッドすることも多いですね」

「しかし、今回は、誰か別のクライアントの代理人としてのビッドではなく、彼女自身がビッドする……ようですが？」

レイモンドが食い下がってきた。検察官気取りだな、とネゴは、同僚のしつこさにうんざりしつつも、「確かに。大きな賭《か》けに出ましたね」と、笑みを崩さずに受け止めた。

「ビッド参加にあたり、彼女の所有する不動産……マンハッタンのソーホーにあるビルを一棟、ブルックリンの彼女のギャラリーが一階に入っているビルを一棟、それに、『アップル』の株を担保にしています。すべて合わせれば一億ドル以上になるはずです。そのすべてを賭けて、ポロックを獲《と》りにくるつもりのようです」

うーむ、とまた、レイモンドがうなった。

「そんなリスキーなことを、どうしてまた……」

「転売するつもりなんじゃないのか？」とまた、ジョニーが口を挟んだ。「やり手のディーラーであれば、『出口』も考えて参加するはずだからな」

「かもしれませんね」

ネゴは、社長のナイスフォローに感謝しつつ、相づちを打った。

「いずれにせよ、おそらく、彼女も競りに割り込んでくると私は予想しています。すべてをなげうってでも獲得したいとビッダーに思わせる競り運びができれば、そのときは私の――オークショニアの勝ち、というわけです」

ほう、と三たび、ため息が漏れた。レイモンドは、激しくパソコンのキーを叩いて、

「じゃあ、このビッダーは？」と訊いた。

「ジョナサン・ハブマイヤー。エントリー・リストでは、ロンドン在住のプライヴェート・ディーラー、となっています。が、世界中のどのオークションにも落札レコードがありませんね。まったく初見の人物だ。……オークション自体、初参加なのでは？」

ジョニーがメガネをかけて、自分の手元のパソコンの画面を覗《のぞ》き込んだ。ネゴも、パソコンの画面に視線を向けた。

ジョナサン・ハブマイヤー。ロンドンを本拠地として、世界をまたにかけて活躍するプライヴェート・ディーラー。今回は、クライアントの代理人として、テレフォンビッドをすることになっている。

彼の背後にいるのは、数々のオークションハウスでさまざまな絵画作品を落札してきたミハエル・ドルコフスキー。ロシア人の実業家・不動産王である。資産状況は調査済みで、スイスの銀行で管理されている資産額は十億ドルを超えている。ポロックを購入するのにじゅうぶんな資金を有している。今回のオークションで、最右翼と目されている強力なバイヤーだ。

ネゴは、ラップトップの画面上、リストの中の「Hubmayer」にカーソルを合わせた。カーソルが点滅するのをじっとみつめていたが、やがて、ふっと微笑を浮かべると、低い声でつぶやいた。

「いずれにせよ……ポロックの『ナンバー・ゼロ』は、行くべきところへ行くでしょう。――それが収まるべきところへ」

――そのための先導役になる。

そう、それこそが、今回の自分のミッションなのだ。

Wednesday October 4　11:16PM

香港島　湾仔

古ぼけた高層アパートの一室、しみだらけの汚い壁に囲まれた狭苦しい部屋の片隅にある机の前に座って、張英才はラップトップパソコンに向かい合っていた。画面では、SNSのチャットがさかんに繰り広げられている。

十月七日、学生連合会の決起集会に参加しよう！

という呼びかけが二時間まえに飛び込んできて、次々に賛同するコメントが集まっていた。英才は「難読症《ディスレクシア》」のため、音読ソフトで閲覧している。新しいコメントが入るたびに、ヘッドフォンをつけた耳元で、かわいい女子の声――「リリカ」と英才に名付けられていた――が「**行く！　絶対行く！**」「**みんなで立ち上がろう**」「**世界におれたちの声を届けよう！**」と言うのだった。

「決起集会かあ……」

英才はひとりごちた。

目下、香港島の中心部で繰り広げられている学生運動は、完全な膠着《こうちゃく》状態に陥っていた。

学生たちは香港政府に対話の場を要求していたが、政府はまったく耳を貸そうとしない。セントラルの幹線道路にバリケードを張って抵抗を続けてはいるものの、まもなく強制撤去されるという噂がしきりに流れていた。それどころか、中心になって活動している学生リーダーたちが逮捕されるという噂も、まことしやかに囁《ささや》かれている。

対話の実現まではなんとしてもデモを続けるか、それとも無駄な流血（？）を避けるためにこれ以上の抵抗をあきらめるか。どちらに進むべきか、学生たちは迷っていた。

こんなときこそ、先導役として力を発揮するリーダーか、もしくは鮮烈なメッセージを伝えられる賢人が現れてくれれば、そいつはきっと世界をひっくり返すこともできるだろうに——と英才はぼんやり考えた。しかし、そう簡単にヒーローは現れてはくれないのだった。

各大学や高校に学生のグループが存在し、てんでんばらばらにデモに参加しているのだが、今度の土曜日に、香港文化大学の講堂で「学生連合会」の決起集会が行われることになったらしい。もちろん、大学のほうは学生たちの決起集会などに講堂を貸すわけがないから、学生たちが勝手に集まって「ジャック」する——という算段になっているようだ。

　手荒なことをするのは苦手な英才は、参加してみたい気持ちもあったが、こういう動きを嗅《か》ぎつけてやってきた警察と衝突でもしようものなら大変なことになるだろう、とやや引き気味だった。

　それに、土日はいつだって「作品」を作るのに忙しいのだ。自分はアーティストだから、何か発言するんだったらまずは「アート」で訴えてやる。そのほうが絶対にカッコいい。

　……でも、どうやって？

　ところが、チャットが始まって二時間十五分後、突然、英才の気持ちがガラリと変わった。

　私も参加します。ひとりひとりの力は小さいけれど、同じ気持ちを持ったみんなが集まれば、状況が変わるかもしれない……ということを祈って。

　おおお、栄玉蘭だ――ッ！

　英才は突如ひとりで盛り上がった。意中の女子、栄玉蘭がコメントをアップした十秒後に、英才は、目にも留まらない速さでコメントを打ち込んだ。

自分も微力ながら参加します！　おれたちの勝利を祈って!!

と、そのとき。

ピコン、とショートメッセージの着信音が鳴った。んだよもう、と英才は、デニムの尻《しり》ポケットに突っ込んでいたスマホを取り出して、画面を見た。

Message anonyme（匿名のメッセージ）

英才は、じっとアルファベットをみつめた。……よくわからない。

ヘッドフォンのプラグをスマホに差し込んで、音読ソフトで読み上げる。

「め・つ・せ・ー・じ・あ・の・に・む」と、「リリカ」の声が言った。英才は、首をかしげた。

――なんだろ。スパムか？

そのまま無視してもよかった。けれど、なぜだかわからないが、それがとてつもなく重要なメッセージであるような気がした。

突き動かすような力が、一瞬、英才の背中を押した。画面の上に指を滑らして、

「メッセージ・アノニム」を開いた。

リリカの甘い声が、英才の耳元で囁いた。とてつもなく不思議な、そして心躍るメッセージを。


やあ、アーティスト・張英才。

たった一枚の絵で、世界を変えてみないか？


英才は、穴の開くほどスマートフォンの画面をみつめた。といっても、難読症《ディスレクシア》の英才の目には、メッセージは不思議な記号のようにしか映らない。しかしそれが広東《カントン》語なのかそうでないかくらいは、文字の連なりでわかった。そして、英才の忠実なしもべ・音読ソフト「リリカ」が、きちんと広東語で囁いてくれたから、やっぱりそれは正真正銘、広東語のメッセージなのだった。

メッセージの差出人は「anonyme（アノニム）」。これはアルファベット……英語だろうか。聞いたことのない名前だ……。

なんだよ？　一枚の絵で世界を変える？　ばかげたことを……。

英才は、スマホのキーを指先で叩《たた》いた。一文字叩くたびに、「リリカ」がいちいち読み上げてくれる。

あ・ん・た・だ・れ・だ・？

何かのいたずらだろうと思いつつ、英才はメッセージを返してみた。と、ものの五秒で返信がきた。

君のことを知っている誰かだ。

「なんだこいつ」

英才は、思わず声に出してつぶやいた。ちょっとヘンだぞ……「釣り《フイッシング》」かもしれないな。

エロサイトの「釣り」に引っかかって、バイト代を全部持っていかれてしまった中学時代の友だちのことを思い出した。その手にのるか、と英才は、ヘッドフォンのプラグをパソコンに付け替えて、スマホをデニムの尻ポケットに突っ込み、さっきまで参加していた「学生連合会の決起集会」のチャットに戻ろうと、机の上のラップトップパソコンの画面に向かった。

と、すぐに「メッセージ着信」のアラームが鳴って、画面の右下にチャットボックスが現れた。「め・っ・せ・ー・じ・あ・の・に・む」と、再び「リリカ」が読み上げた。ぎょっとして、英才は、チャットボックスを凝視した。

もう少し話に付き合ってくれよ、張英才。

こっちは怪しい者じゃない。君と一緒に、アートの力で世界を変えようと、本気で考えているんだ。

「な、なんだこいつ？　なんでチャットまで知ってるんだ？」

英才は、またもや声に出して言った。

いやいやいや、だまされちゃだめだ、ここで引っかかったら小遣い全部持っていかれちまうぞ。

英才は、無視を決め込もうとした。ところが、次の瞬間、チャットボックスに画像が添付されて送られてきた。

君はこの絵を知っているかい？

小さなボックスの中に、どこかで見たことのある画像が小さく小さく見えている。

黒と赤と緑と黄色の、絵の具が一面に飛び散ったような……。

「……ってちょっと待てよおい！」

パソコンに向かって、英才は思わず声を上げた。

確かに、その画像には見覚えがあった。

――だって、これ……ついこのあいだ、おれがこの部屋でペンキを垂らして描いた「絵」にそっくりじゃないか！

驚きのあまり、ボックスの中に見えている画像をクリックしてしまった。たちまち画像が画面いっぱいに広がった。

英才は、息をのんだ。

画面を埋め尽くして、縦横無尽に飛び散る絵の具。まるで可視化されたネットワークのように、この世界を覆い尽くす巨大な「網」のように見えた。黒く赤く黄色く、細く激しくのたうちまわる絵の具の軌跡は、圧倒的なインパクトで迫ってくる。アーティストのほとばしる情熱、破壊的なエネルギーの全部が、絵の具に込められて発熱している。

壊せ！　創れ！　世界を覆いつくせ！

そんな叫びが聞こえてくるような――。

「うわ……すっげえ……」

ぽかんと口を開けて、英才はひとりごちた。

チャットボックスの中の小さな画像を見た瞬間は、つい最近描き上げた自分の「作品」じゃないか⁈　と驚いたのだが、パソコンの画面いっぱいに拡大されたそれは、自分が描いたものとはまったく違う、異次元レベルのものだとわかった。

床の上に紙を広げて、その上にペンキを刷毛で垂らし、自分が動き回った軌跡を「絵」そのものにする。英才は、思いつきでそんなことをやってみた。

われながら面白い発想だと思ったし、そんなことを思いつくなんて、ひょっとして自分は天才アーティストなんじゃないのか？　とひとりで悦に入っていた。まさか、自分と同じようなことをほかの誰かもやっていたとは、想像もしなかった。

「――てか、これ……おれの『作品』のパクリじゃね？」

英才はつぶやいた。

誰かが自分の作品をどこかで見て、真似して描いたものなんじゃないか？

いやいや、ないない、そんなこたあない。だって、あの作品、完成したあとにスマホで撮影したけど、ネットにアップしたわけじゃないし、誰にも見せてなんかいないから、パクるったってパクりようがないじゃないか。

だいいち、これ、ぜんっぜんレベルが違うし。自分が創ったのは、ほんと、単なる思いつきで、うおーって勢いでやっちゃった、って感じだけど、これはまったく違う。

絵の具の飛び散り方には、勢いと同時に、コントロールされた「美しさ」がある。一見、めちゃくちゃのように見えるけど、この絵には美しい秩序がある。それはきっと、このアーティストが、思いつきなんかじゃなく、考えて考えて考え抜いて、この作品を生み出したからに違いない。

英才は、絵の具が広がる画面をじっとみつめた。みつめるうちに、吸い込まれてしまいそうな気分になってきた。

と、尻ポケットに突っ込んだスマホが、メッセージの着信音とともに、ヴヴヴ、と小刻みに震えた。英才は、はっと我に返って、あわててスマホを手に取った。「め・っ・せ・ー・じ・あ・の・に・む」とまた「リリカ」が囁いた。今度はすぐに、メッセージを開いてみた。

この絵の作者を知ってるか？

英才は、速攻で返信を送った。

いや知らない。有名なアーティスト？

どこの誰だかわからないが、この「アノニム」ってやつ、ちょっと面白い。もしもこれが「釣り」だったとしても……ええい、もうどうとでもなれ！　と英才は、瞬間的に腹をくくった。

すぐに〈アノニム〉からメッセージが返ってきた。

　ジャクソン・ポロックという、アメリカのアーティストだ。一九五〇～六〇年代に、ニューヨークを中心に活躍した伝説の画家だよ。

　いや、画家というのはちょっと語弊があるかもしれない。ポロックが創り出したのは、静物画とか風景画とか肖像画とか、そういう古典的な「絵」じゃないからね。

　カンヴァスを床に置いて、その上を動き回って絵の具を垂らし、アーティスト自身の動きの軌跡をカンヴァスの上に残す、という画期的な手法を彼は生み出したんだ。その手法は、「アクション・ペインティング」と呼ばれている。

「ええ?!」と英才は、大声を出した。

「一九五〇年代って、そんな大昔に?!　まじで?!」

こんな画期的なアイデアを思いつくなんて、おれってすげーわ……とひとりほくそえんでいた「床に紙を置いてペンキを垂らす手法」は、とっくのとうに先人に発明されていたものだった。英才は、心底がっかりしたが、同時に、ジャクソン・ポロックという初めてその名を聞いたアーティストに、強い興味を覚えた。

あんたそのアーティストの知り合い？

そうメッセージを送ると、

まさか。そこまで年寄りじゃないよ:)

と、英才にも知覚できる「顔文字」入りで返ってきたので、思わず、ははっと笑ってしまった。

ちょっと想像してみてほしい。君が生まれるずっとずっとまえのこと——。

それから〈アノニム〉は、まるでよくできたテレビのドキュメンタリー番組のナレーションのようなメッセージを送ってきた。

英才は、耳を澄まして、それに聴き入った。

——世界を巻き込んだ大戦が終わって、世界には秩序が訪れた。秩序といっても、戦争に勝った大国が主導して作り出した、いびつな秩序だけれど。

超大国となったアメリカは、ソ連との冷戦時代に突入した。戦争の抑止力とすることを名目に、各国は次々に核武装を始めた。アジアに目を転じれば、アメリカと戦って負けた日本は、沖縄を中心に国内にアメリカの基地を有することで、アメリカの庇《ひ》護《ご》下に置かれることになった。中国はやがて文化大革命を迎える直前だった。

ジャクソン・ポロックが登場したのは、そんな時代だったんだ。

なんでこんな話をするのかと、君は不思議に思ったことだろう。だけど、君に知ってもらいたいのは、画期的なアーティストが登場するときには、時代が大きくかかわっている、ということなんだ。

傑作が生まれたそのときがどんな時代だったのかを知ることは、アーティストや作品を理解するのに大いに役立つ。ちょっとした思いつきや偶然で生まれる作品の中にも優れたものはもちろんあるけれど、ほんとうの傑作には、アーティストが肌身に感じていた時代の空気が綿密に盛り込まれている。アーティストが何を感じ、どんなふうに考えて作品を創り出したのか、まずはアーティストの創作した時代に思いを馳《は》せて、作品に向かい合えば、よりいっそうそれが輝いて見えることだろう。

ポロックが登場した時代、アメリカは、世界最大の超大国として、経済的にも文化的にも世界の中心となっていた。軍事、科学技術、金融など、あらゆる分野でトップを走っていたし、常にトップランナーでなければならなかった。資本主義に立脚した民主主義、それが戦後アメリカの打ち出した社会の理想的なありかただった。

　力のある国に、なんであれ、中心がシフトしていくのは世の常だろう。産業革命が起こった時期にはイギリスが世界をリードしていたし、近代的な文化が花開いた時期にはフランスがそれを牽引《けんいん》した。そして第二次大戦後、とうとうアメリカがセンターを取った。

けれど、資本や技術がいくら豊富にあっても、どうにもならないものがある。――それは、感性だ。

たとえば、どんなにお金をつぎこんでも、どんなに進んだ技術を取り入れても、レオナルド・ダ・ヴィンチの「モナ・リザ」のような歴史的傑作を操作して創り出すことはできない。意図的にパブロ・ピカソのような天才アーティストを生み出すこともできない。つまり、感性がつかさどるアートは、いくら超大国だからといって、「ほらできた」という具合にはいかないんだ。

豊かな超大国・アメリカに生を享《う》けたポロックだったが、「世界の中心」で楽にアーティストになったかというと、そうではない。むしろ、ポロックには、越えなければならない壁がいくつもあった。その中のひとつが、「ピカソ」だった。

　想像してみてほしい。その時期、世界中のすべての若いアーティストにとって、ピカソの存在は、希望の星であると同時に、脅威的存在だった。二十世紀の前半の五十年間で、ピカソとそれに続くヨーロッパのアーティストたちは、ありとあらゆる実験的な手法を試み、美術史に刻まれる革新をもたらした。何かいいアイデアを思いついて、やってみようとすると、それはすでにピカソがやってしまっていた――というようなことを、ポロックはたびたび経験した。あれも、これも、全部ピカソがやってしまった。それは、新しい「何か」――自分にしかない独自性、ユニークネスを希求するアーティストにとって、驚きであり、畏《おそ》れであり、脅威だったはずだ。

　それでもポロックは、試行錯誤を繰り返した。どうやったら「ピカソ」という壁を越えられるか。いったい何が新しいのか、自分が求めているアートとは何か。悩み続け、苦しみ抜いた末に、たどり着いたのが「アクション・ペインティング」だったんだ。

　たとえば、「動き」や「スピード」を絵で表現するのは、二十世紀初頭に「未来派」と呼ばれる一派がすでに試みていたし、特に目新しいことではなかった。しかしながら、アーティストの動きそのものを絵の具に託してカンヴァスに「転記」するのは、誰も試みていなかった。そして、支持体――つまりカンヴァスは、イーゼルに立てかけて絵筆で描き込む、というのが、絵を描く際には当然のスタイルだったわけだが、ポロックは、これすらも変えてしまった。

カンヴァスを「水平」に置く。アーティストは、その上を走り回って、動きのままに絵の具を垂らす。そしてカンヴァスを覆い尽くす。

その結果、生まれたのがこの作品――「ナンバー・ゼロ」だ。

これには、ポロックが生み出したさまざまな画期的な手法が盛り込まれている。ポロックは、欧米の画家として初めてカンヴァスを「俯瞰《ふかん》して」作品を生み出した。彼の作品には、見る人が視線を定めるべき「中心」がなかった。そして、かたちを成さない、ほとばしる絵の具のみで、アーティストの動き、感情、哲学までをも表現したのだ。

ポロックが生み出した作品と手法には、のちの評論家や美術史家によって、さまざまな呼称がつけられた。「アクション・ペインティング」「ドリッピング」「オールオーヴァー」「抽象表現主義」などなど。けれど、ポロックは、それらの呼称が表すような評価を得るために作品を創ったわけじゃない。

彼には、乗り越えるべき壁があった。彼には、追求するべき信念があった。成し遂げるべき革新があった。

ポロックは、この絵、たった一枚の絵で、それらを実現した。世界を変えた。そして、今度は彼こそが、後の世の若いアーティストたちが「乗り越えるべき目標」となったのだ。

ときに、アートが発信するメッセージは、幾千の言葉よりも饒舌《じょうぜつ》なことがある。張英才。もしも、君が本気で世界を変えたい――と望んでいるのなら、きっとできるはずだ。

たとえば、一枚の絵で――ポロックが、そうしたように。

英才は、「リリカ」が読み上げるメッセージに聴き入りながら、パソコンの画面に映し出されたポロックの作品――「ナンバー・ゼロ」を食い入るようにみつめていた。

そのうちに、なぜだろう、たまらなく熱いものが胸に込み上げてきて、涙があふれてきた。

ジャクソン・ポロックがどれほど有名なアーティストなのか、正直、自分にはわからない。

だけど、「ナンバー・ゼロ」をみつめるうちに、カンヴァスに覆いかぶさるようにして動き回るポロックの姿が、ふっと浮かび上がって見えてきた。

アメリカが世界の中心だとか、資本主義だとか、民主主義だとか――そんなことはおれには関係ないんだ。

これを描いている、この瞬間。このときこそ、おれ自身が、世界の真ん中になってるんだから。

見ててくれ、ピカソ。おれはきっと、あんたを越えてみせる。たとえどんなに高い壁でも、どんなに遠い星でも。

おれは、きっと——きっと。

どうした、張英才？　泣いてるのか？

はっとした。

誰かに見られているような気がして、英才は、がばっと後ろを振り返った。

——誰もいない。

開けっ放しの窓から、生ぬるい夜風がかすかに吹き込んでいる。窓の向こうにそびえ立つ高級ホテルの連なる窓が、巨大な要塞《ようさい》のように発光しているのが見えるばかりだ。

なあ張英才。ポロックのように描いてみたいと思わないか？

英才は、また画面に向き合うと、ため息をついた。

そりゃあ描いてみたいよ。だけど、しょせん、おれはポロックみたいに才能もないし、お金もないし……カンヴァスも絵の具も買えないのに、どうやってこんな絵を描けるっていうんだよ？

メッセージを送ると、ややあって、返信がきた。

大丈夫。もう用意してあるから。

――え？

英才は、ヘッドフォンをいったん外すと、人差し指で、文字通り、耳の穴をかっぽじった。それからヘッドフォンを着け直すと、落ち着け、と自分に言い聞かせて、返信した。

用意してあるって、どういうこと？

今度は、間髪を容《い》れずに「リリカ」がメッセージを読み上げた。――かなり衝撃的で、めちゃくちゃ心が躍るメッセージを。


君の家のドアの外に、丸めたカンヴァスと絵の具一式が置いてある。

それを使って、「ナンバー・ゼロ」を描いてみてほしい。

そして、もし君がこのリクエストに応《こた》えてくれたなら――「ナンバー・ゼロ」を君のもとに届けよう。

本物のポロック、見てみたくないか？

どうだい、張英才？――悪い取引じゃないだろう？

Thursday October 5 6:11AM

台北市 湖底路

頬が涙ですっかり濡《ぬ》れているのに気がついて、ジェットは目を覚ました。

一瞬、どこにいるのかわからなかった。三日に一度は移動して、台湾内のみならず、世界のどこかを旅しているのだから、自分がいま、台北の郊外に数年まえに建てた瀟《しょう》洒《しゃ》な自邸にいること自体、夢かと思ったくらいだった。

なぜだ。――なぜ、私は泣いているんだ？

もう一度目を閉じて、さっきまで見ていた夢を反芻《はんすう》してみる。

ああ、そうだ――母の夢を見ていたんだ。

亡くなる直前に、私の手を握ってさびしげな色をたたえた瞳で、じっと私をみつめていた母。

――お願いよ、恩堂。どうか、お父さんの夢を……。

新しい涙が溢《あふ》れ出た。ジェットは、上半身を起こして、指先で涙をぬぐい、小さく息をついた。

ベッドサイドのテーブルにあるリモコンのスイッチを入れる。ピッ、と音がして、目の前の大きな窓に下がっていたブラインドがするすると上がっていき、やわらかな陽光が部屋を照らし出した。

　ベッドから抜け出し、窓辺に佇《たたず》んでみる。窓いっぱいに、遠くかすむ台北市内が広がっている。高台にあるこの家は、どの部屋からも台北市内を眺め渡すことができた。雲ひとつない秋晴れの空を、ときおりジェット機が横切るのが見える。そのずっと手前の空中を、大きな輪を描きながら悠然と飛んでいる鳶《とび》の姿も。

　どの部屋からも街を見渡せるように設計したのは、若き日本人建築家、真矢美里——通称〈ミリ〉——であった。ぜひそうしてほしいとジェットが頼んだわけではない。設計の依頼を受けてこの場所へ視察にやって来たミリが、すべてを見渡せる家にしましょう、と提案してきたのだ。この世界の何もかもを見渡す立ち位置にいる、それがあなたという人だから——と。

　台北の郊外にある高級住宅街の一角。この場所に邸宅を構えることができるのは、ごく一部の台湾人に限られている。この地域は、よほどの成功者でないかぎり、出入りすることさえ憚《はばか》られる場所なのだ。その特別な地域のもっとも高価な土地に、ジェットは家を建てた。

　台北ばかりではない。ニューヨークは五番街《フィフス・アベニュー》沿いのアッパー・イーストサイドに高級アパートを所有し、パリはセーヌ川左岸のオルセー美術館の並びに十九世紀に建てられたオスマン様式のアパルトマンを購入した。ロンドンにはボンド・ストリート沿いのビルを丸々一棟持っている。チューリッヒにも、アムステルダムにも、ベルリンにも、上海にも、香港にも、東京にも。すべての都市の一等地に不動産を所有し、そのすべてに自邸となる場所を持っている。そして、その部屋のすべてを埋め尽くすことができるほど豊かな美術コレクションを所蔵している。それこそが、ジェットの最大の自慢であった。

ベッドサイドテーブルにあるインターフォンのスピーカーキーを押すと、ジェットは台湾語で話しかけた。

「コーヒーを持ってきてくれ」

『かしこまりました』と、すぐにスピーカーの向こうから返事が聞こえた。

ジェットは、ベッドルームの隣のバスルームへと行き、熱いシャワーを浴びた。バスローブに身を包んで出てくると、窓際のテーブルに、銀色の盆に載せられたコーヒーポットと、温められたコーヒーカップ、それに冷えたペリエが用意されていた。熱いものは熱いうちに、冷たいものは冷たいままで口にする。この邸《やしき》の使用人たちは、気難しい主《あるじ》の好みを知り尽くしているのだった。

シャワーを浴びるときですら外さないウェアラブルスマートフォン〈ハッチ〉を見ると、ちょうど六時三十分だった。ピッピッピッ、と電子音が響いた。コンタクトしてきたのは、〈オーサム〉だった。

「やあ、おはよう、オーサム」ジェットはすぐに応答した。

「ちょっと待ってくれ。いま〈カプセル〉をつけるから」

そう言いながら、〈ハッチ〉の画面の上部に埋め込まれている小さなカプセル状のオーディオをカチリと外す。すばやく耳にはめ込むと、

『まだっすかあ。おれ、ゆうべ完徹で……一秒でもほっとかれたら寝オチしますよお』

と、いかにも眠そうな声が鼓膜に響いてきた。

「まあ、もうちょっと我慢してくれよ、いい子《グッド・ボーイ》だから」

ジェットは苦笑して言った。まったく、この天才エンジニアの天真爛漫《らんまん》さは、若い頃の自分をいつも思い出させてくれるのだ。

『この何日かは寝不足っすよ。こんなとき、サンフ《こ》ランシ《こ》スコを離れられないのは、まじキツいっす』

あくびをかみ殺しながら、オーサムが言った。台湾とサンフランシスコの時差は十五時間である。主要な〈仲間《メンバー》〉がアジアに揃っているときに、時差の影響をもっとも被るのは、アメリカ西海岸にいる彼である。

いかにもだらしなそうなこの〈仲間〉は、MIT在学中に仲間とともに起業して、サンフランシスコを拠点に、ネットワークのセキュリティ事業で大成功を収めた強者《つわもの》

である。政府機関や大企業のサーバーをサイバー攻撃から守るシステムを開発し、世界中に顧客を持っている。そして、決して外部に漏らすわけにはいかない彼らのトップシークレットを厳重に守っている。——ということはつまり、その「シークレット」をすべて閲覧できる立場にある、というわけだ。当然、よほどのことがない限り、オーサムがそんな越権行為に出ることはないのだが。

「どうだった？　『香港少年』とのコンタクトは成功したか？」

もちろん、「コンタクト成功」以外の結果報告を受けるつもりはないが、ジェットはいちおう念を押した。

『そりゃもう、ご明察の通り』ちょっと自慢げな声が返ってきた。

『すっかりその気にさせましたよ。でもあいつ、アーティストを自称してるわりには、かなり勉強不足だよなあ……ジャクソン・ポロックなんて、ぜーんぜん知らなかった、って感じで。あの手法、オールオーヴァー・ドリッピングも、自分が世界で初めて考え出した、って信じて疑わない感じでしたよ』

「そうか。だから、いいんだ」

にやりと笑みを口もとに浮かべて、ジェットはつぶやいた。

「この表現は自分だけのものだ、っていう強い意識が、彼の描いたオールオーヴァー・ドリッピングにはあったからね。彼は、別に『贋作《がんさく》』を作っているわけじゃない。

こそこそと人真似をしている卑屈さが、彼にはないんだ」

言いながら、ふと、ジェットの脳裡《のうり》に、ポロックの描いたドリッピングの絵が浮かんだ。

——いや、正確に言えば……「ポロックふう」の、ドリッピングの絵。

巨大なカンヴァスを埋め尽くす、絵の具のしたたり。縦横無尽に行き来した画家の軌跡がそのまま絵になった、画期的な手法。

が、ジェットの心に浮かび上がったその一枚は、ポロックが描いた「真筆」ではない。

どこまでもポロックに似せて描いた、言ってみればそれは——「贋作」。つまり、他者の表現の盗用だ。

ポロックが生み出した独自の表現手法を、盗んだ画家。それは——。

「——それで、あの少年は承知したのか？　ポロックの……」

誰も盗聴などできはしない、〈ハッチ〉を経由して行われる会話にはAAA《トリプルエー》のセキュリティがかかっているのだから。そうわかっていても、ジェットの声は自然と小さくなった。

「……ポロックの『贋作』を描くことを？」

ジェットの鼓膜の奥に、オーサムの低い笑い声が響いた。

『もちろんですとも』

ジェットは、自然と止めていた息を放った。

「ならばいい。すべて、順調ってことだな」

オーサムの笑い声がぴたりと止まった。いつになく真面目な声色で、彼はボスに言った。

『気を抜くのはまだ早いですよ。……ショーの始まりはこれからです』

カップに熱いコーヒーを注ぐ。ひと口飲んでから、ジェットはゆったりと答えた。

「わかっているとも」

はるかに青くかすんで見える台北の街。小さな機影が、朝の光をキャッチして、銀色に輝きながら彼方《かなた》へと飛び去っていくのが見えた。

Thursday October 5　11:20AM

台北市　圓山

台北市街の中心部の大通り、民族東路《ミンズー・イーストロード》を、なめらかに磨き上げられた黒塗りのメルセデスが走り抜けていく。

台北市立美術館を少し過ぎたあたり、雑居ビルが建ち並ぶ一角にある小さなギャラリー「当代芸術画廊」の店舗の前で、音もなく車が停まった。

運転手が飛び出し、白手袋で後部座席のドアを開ける。中から、濃紺のスーツに水色のシャツ、臙脂《えんじ》色のエルメスのネクタイを締めたジェットが登場した。そのまま、目の前にある画廊のガラス戸を押して、中へと入っていく。

画廊内では、「新抽象・新表現」と題された若手アーティストの平面作品の展覧会を開催中だった。激しい色彩の抽象画や、大判のシルクスクリーンでプリントされた写真など、何点かの作品が薄汚れたしっくいの壁に掛けられている。室のいちばん奥まったところにあるデスクで、分厚い本のページをめくっていた白いあご鬚《ひげ》の男――画廊主の応昌期《インチャンチー》が、顔を上げ、黒縁の老眼鏡を外して、目をぱちぱち瞬かせた。

「おや、蔣恩堂。ずいぶんひさしぶりじゃないか」

ジェットはまっすぐに歩み寄ると、「おひさしぶりです、応先生」と、しっかりと握手を交わした。

「元気だったか。あまりこっちにはいないんだろう？」

なつかしそうなまなざしをジェットに向けて、応が尋ねた。ジェットはうなずいた。

「お察しの通りです。仕事やら何やらで、あちこち飛び回っていまして……今日もこれから香港へ出かけるところで、空港へ行く途中なのですが、そこの交差点の信号が赤になったときに、なんだか急に先生のことを思い出しまして」

おや、と応は、首をかしげた。

「これから香港へ？　だったらあまり時間がないんだな」

「いえ、大丈夫です。私の場合、搭乗時間はあってないようなものですから」

「ははあ、そうか。さては、プライヴェート・ジェットで……」

応は、半ばあきれたような、感心したような表情になった。

「あいかわらず、派手にやっとるようだな」

画廊内をぐるりと見回して、「先生も、あいかわらずですね」とジェットが返した。

「あいかわらず、若手のアーティストばかりをみつけては売り出している」

「そう。そして、売り出すものの、全然売れない」

ふたりは、声を合わせて笑った。

「ちょうどよかった。君に見てもらいたいと思っていた、なかなか力のある新人画家がいるんだ。ポートフォリオを見る時間はあるかな？」

応の質問に、「ええ、ぜひ」とジェットは答えた。

「先生のお薦めに、私が抗《あらが》えるはずもありません」

「そうか。じゃあ、ちょっと待っててくれ。作品も預かってるんだ、いま奥から引っ張り出してくるから……」

応は、両手で杖《つえ》をつき、不自由な足をなんとか前に押し出して、事務室へと入っていった。その姿を見守りながら、ジェットは、もう四十年以上まえ、この画廊で初めて自分のお金で作品を買った日のことを、なつかしく思い出していた。

薄汚れたシャツにジーンズを穿《は》いて、ポケットに千元札を何枚か突っ込んで、胸をときめかせながら、ガラスのドアを押して中に入っていった。

あのとき、壁に掛かっていた一枚の絵。

価格はたった五万元だった。それでも、あのときの自分には大金だった。

苦労して貯めたアルバイト代を、ぜんぶ持っていった。それでも足りなかった。けれど、画廊主の応昌期は、ほしいと思ってくれる人のもとに行くのが作品にとってはいちばん幸せだから——と言って、ジェットが持参した金額で、その絵を売ってくれたのだ。

――この絵は、辛抱強く、君がやってくる日を待っていたんだよ。

なんとしてもほしかった一枚の絵。とうとう、自分のものになった。

画廊から出てきたジェットは、絵が入れられた箱を、しっかりと胸に抱き締めた。

ずっと会いたかったなつかしい人と、ようやく会えたかのように。

そう、それこそが、ジェットのコレクション第一号となった記念すべき作品だった。

その絵を描いた画家の名は、蔣道明《ダオミン》。

ジェットの父であった。


ニューヨークのチャイナ・タウン、キャナル・ストリートの片隅で、台湾人移民の両親のもとに、ジェットは生を享けた。

父・道明は、アメリカで画家として成功することを夢見て、単身ニューヨークへ渡った。父の実家は決して裕福な家庭ではなかったため、働いて渡米資金を貯め、必ず画家になって帰ってくる、いつか故郷で展覧会をするからと、両親に約束して、故国をあとにした。

チャイナ・タウンの安アパートに落ち着き、チャイニーズ・レストランで働きながら、絵の勉強をした。お金も語学力もなかったので、ちゃんとしたアート・カレッジに行くことはかなわなかった。ニューヨーク市が運営している授業料の安い絵画教室に通ったり、当時ソーホーあたりに次々にオープンしていた現代アートのギャラリーのレセプションに顔を出したりして、せめて「運」くらいは拾えないかと探ったが、その「運」こそが、道明がもっともみつけられないものだった。

とあるギャラリーのレセプションで、自分と同年代の台湾人女性に出会った。明玲《ミンレイ》という名の彼女は、チャイナ・タウンの雑貨店で働きながら、やはりアーティストを目指していた。ふたりは、まもなく一緒に暮らし始めた。

やがて、明玲の妊娠をきっかけに、ふたりは結婚した。そして、生まれてきた男の子に「恩堂」と名付けた。

ジェットの父は、新しい家族のためにも、画家として一本立ちすることを決心し、レストランを辞めた。母は、ジェットを育てながら、白人の子供のベビー・シッターや家政婦をかけもちして、創作に打ち込む父を支えた。

どんなに父が心血を注いで描こうとも、絵はほとんど売れなかった。なあに、あのゴッホだって生きてるあいだにはたった一枚しか絵が売れなかったんだ、大丈夫さ、これからだ——と、父はいつも明るく言っていた。お前たちのために、いいものを描くよ。見ていてくれ、いまに世間をあっと言わせてやるからな——と。

——いま、時代は抽象画に向かっている。カンヴァスを床に寝かせて、その上に絵の具をしたたらせて、自分の動きをカンヴァスに描く手法を発明した、すごいアーティストがいたんだ。彼の作品は、どんどん売れている。きっと、おれの作品だって、そのうち誰かが見出してくれるはずだ。

ジェットは、父の背中を見ながら成長した。父は、ほとんど一日じゅう、カンヴァスに向き合っていた。だから、ジェットの記憶には、父の顔よりも、父の背中の印象のほうが、はるかに強く残っている。

薄汚れた上着、白と黒、黄色や赤の絵の具のしみ。寝起きのままのぼさぼさの髪、決して振り向かない背中。全身全霊で絵の具をカンヴァスにぶつける後ろ姿――。

寝苦しい熱帯夜、凍える真冬の夜半。寝返りをうった拍子に、聞こえてくる母の嗚《お》咽《えつ》。――没問題《メイワンティ》、没問題と父が繰り返す、やさしくもどこかさびしげな祖国の言葉。

あるとき、父は、いつも開けっ放しにしていたアトリエのドアを、突然閉ざした。そうして、ジェットに言い聞かせた。

――いいか恩堂、お父さんが仕事をしているあいだ、いや、出かけているときも、絶対にアトリエに入るんじゃないぞ。

――どうして？　入ったら、どうなるの？

無邪気に訊《き》き返す息子の頭を撫《な》でて、父は暗くくぐもった声で答えた。

――もしもお前がアトリエに入ったら……生きてはいけない。お父さんも、お母さんも、きっと死んでしまうだろう。

それで、お前はひとりぼっちになってしまうんだ……。

父の言葉は、まるで恐ろしい呪文《じゅもん》のように、幼いジェットの心に暗い影を落とした。

ジェットは、父の言いつけを守り、決してアトリエに近づかなかった。

その頃からだろうか。急に、父の金回りがよくなった。仕立てのいい服を着て、テレビやステレオや車を買った。おもちゃをたくさん買ってきて、父は息子に与えた。

同時に、父と母のあいだで、諍《いさか》いが絶えなくなった。

——上等の服を着て、車を乗り回して、ミッドタウンのレストランに行って……それで「画家として成功した」とあなたは思ってるの?!

あなたは変わってしまった。……あなたの描いているのは、あなたの作品じゃない。

あなたの描きたかった絵なんかじゃない!

あんなもの……ただの偽物じゃないの!

母になじられた父は、ジェットの目の前で、初めて母に手を上げた。母はその場に倒れ伏した。ジェットは母にすがって泣いた。父は、そのまま部屋を出ていった。

その夜、アパートの前に何台かのパトカーが停まった。階段を駆け上がって来る複数の足音。ドアの向こうに、見知らぬ男が何人か立っていた。警官の一群だった。

母は、ジェットをしっかりと抱きしめて震えていた。警官たちはずかずかと父のアトリエに入っていった。そして、何枚もの絵を抱えて出てきた。

ジェットは、はっきりと見た。父が描いていた「絵」の数々を。

カンヴァスを埋め尽くす、絵の具のしたたり。縦横無尽に行き来する画家の軌跡がそのまま残された、激しく燃え上がるような、情熱的な抽象画――。

それは、父が、自分だけの表現にこだわって描き続けてきた、色彩が奔流となる抽象画とどこか似てはいたが、まったくことなる印象の絵だった。

そして――。

それっきり、父は帰ってこなかった。

数日後、父は、ハドソン・リバーの倉庫の中で首を吊った状態で発見された。

――アトリエに入ったのは、ぼくじゃない。

だけど、あの人たちが入ったから……お父さんは死んでしまったんだ。

ジェットの心はすっかり縮こまってしまった。父がもういない、その現実をどうしても受け入れられなかった。

母も、同様だった。心を病んだ母は、ジェットを施設に預け、入院した。

父が他界してから一年後――。

十歳になったジェットは、ある日、病院に呼び出された。やせこけて、青白い顔をした母。ジェットは、込み上げる涙をこらえ切れなかった。

母は、泣きじゃくる息子に向かって弱々しく手を差し伸べた。ジェットが枯れ枝のような手を握ると、母は、消え入りそうな声でささやいた。

――泣かないで。

恩堂……お前は、これから、お父さんとお母さんのふるさとに帰って……お父さんのできなかったことを成し遂げなさい。

お父さんのように、信念を持って、自分のやりたいことをみつけて、一生をかけて、それをまっとうしなさい。

「美」を信じなさい。信じて、守りなさい。あなたのお父さんがそうだったように。

あなたのお父さんは、画家だった。ほんものの、画家だったのよ。偽物なんかじゃない。

ほんものの、アーティストだった……そう証明して。

お願いよ、恩堂。どうか、お父さんの夢を……。

十歳になったばかりの息子にそう言い含め、母は、静かに息を引き取った。

――お母さん！　いかないで、いっちゃいやだ、お母さん！

ぼくをひとりにしないで、お願いだよ、お母さん！

お母さん――！

それから数日後。

ジェットのもとへやって来たのは、白い髭《ひげ》をたくわえた見知らぬアジア人の老人だった。

老人は、ジェットを見ると、何も言わずにしっかりと胸に抱いた。そして、おだやかに言った。——帰ろう、帰ろう、と。

帰ろう。お前の父が生まれた国へ。

老人は、ジェットの祖父だった。ジェットは、祖父とともに、生まれて初めて台湾の地を踏んだ。ジェットの到来を待ちわびていた祖母も、孫をただやさしく抱きしめた。やさしい祖父母のもとで、ジェットはよく勉強し、遊び、絵を描き、ひまさえあれば美術館に通う、アートが大好きな少年として成長した。中学も高校もトップの成績で卒業し、台湾で最難関の理工系大学へ進学、奨学金を得てMITに留学を果たした。その間もずっと、祖父母に迷惑をかけまいとアルバイトを続けていた。

アメリカ留学から帰ってきてまもなく、ジェットは偶然、とある画廊の前を通りかかった。画廊の名前は「当代芸術画廊」。現代アートを扱っているごく小さな店だった。

なんとなく寄ってみたい気がして、ジェットはガラス戸を押して入っていった。黒々としたあご鬚の男性——画廊主が、奥まったところにある机の前に座って、黒縁メガネの奥の目をちらとこちらに向けた。が、声をかけるでもなく、広げていた分厚い本に視線を戻した。おかげで、ジェットは展示を心ゆくまで見ることができた。

ふと、画廊主の背後の壁に、激しい色彩がぶつかり合うような抽象画が一点、展示してあるのが目に留まった。

見覚えのあるタッチ。記憶にある色。どこかで見たことのある絵――。

はっとした。一瞬、突風に正面から吹きつけられたような気がした。

――まさか。

ジェットは、鬢の男性のもとに歩み寄った。そして、震える声で尋ねた。

――すみません。この画家は……？

画廊主は、顔を上げて、メガネを外した。そして、目を瞬かせると、訊き返した。

――気になるのかい？

ジェットは頬を紅潮させてうなずいた。画廊主は、気難しそうな表情を崩して微笑した。

――君は、なかなか見る目があるな。この画家は、知られざる台湾人アーティストなんだ。偶然、買い付けに出かけたニューヨークの骨董《こっとう》店でみつけたんだがね。……いろいろ調べてみたところ、この画家は、残念ながら、もう亡くなってしまったようなんだ。もったいないね。……もっと評価されるべき画家だと、私は思っている。

この色。この構図。どうだい、すばらしいじゃないか。見ていると、こう……なんだか、わくわくしてくる。アートっていうのは、そうこなくっちゃ。

ジェットは、じっと彼をみつめた。言葉にならなかった。ただ、涙があふれてきた。

初めて来訪した青年が、突然、涙目になったので、画廊主はあわてたようだった。

――おいおい、どうしたんだ？　何かいけないことでも言ってしまったかな。

いいえ、とジェットは言った。

――いいえ、そうじゃないんです。ただ、うれしくて。……この絵に、会えたことが。

ぼくは、いつかきっと……買いにきます、この絵を。

もしもこの絵が、その日まで、ぼくを待っていてくれたなら――。

古ぼけたガラス戸を押して、ジェットは店の中から出た。箱に入れられた絵を一枚、小脇に携えて。

路肩に停めていた黒塗りのメルセデスから、運転手が急いで出てきた。後部座席のドアを、白手袋が開ける。乗り込もうとして、ジェットは、画廊を振り向いた。

ドアの向こうで、白いあご鬚の画廊主が、軽く手を挙げた。ジェットも手を挙げて、それに応えた。

流れ始めた車列を軽やかに追い越して、大通りの彼方へと車は走り去った。

Friday October 6　10:12AM

香港島　湾仔

教室の片隅、少し開いた窓から、生ぬるい風が吹き込んでくる。うんざりするような真夏の暑さはもはや遠のいたものの、十月上旬の空は、夏の名残をとどめた太陽の光に満ちていた。

張英才は、教室のいちばん後ろの席で、机の上に頬杖をつき、首にイヤフォンのコードを引っ掛けて、ぼんやりと遠くの空を眺めていた。

英語の授業の真っ最中である。英語教師の郭花春は、さっきからずっと甲高い声で仮定法過去形の例文について熱心に解説中だ。にもかかわらず、英才を含むほとんどの生徒たちには、教師の熱意はまったく届いていないようだった。それぞれに、こっそりスマートフォンをいじったり、居眠りをしたり、マンガ雑誌を開いたりしている。彼女の授業がまったく報われないのは毎度のことではあるのだが。

難読症《ディスレクシア》の英才は、クラスでただひとり、授業中にノートパソコンを閲覧することを許されていた。だから、ほかの生徒の学習の妨げにならないようにと、教室のいちばん後ろのいちばん隅っこの席をあてがわれていた。まるでエアーポケットのように、ぽっかりあいた場所で過ごすひととき。だから英才にとって、授業中はもっとも自由に空想の翼を羽ばたかせることができる時間だった。

シャープペンシルをくるくる回す指先には、赤や黒や白のペンキがこびりついている。ずいぶん気合を入れてごしごし洗ったのだが、水性のペンキではなかったようで、なかなか落とすことができなかった。

――いったいなんだったんだよ、〈アノニム〉？

くすんだ青空の中を横切っていくカラスの群れを目で追いかけながら、英才はついおとといの夜の出来事を反芻していた。

〈アノニム〉と名乗る謎の発信者から、突然送られてきた謎のメッセージ――。

君の家のドアの外に、丸めたカンヴァスと絵の具一式が置いてある。

それを使って、「ナンバー・ゼロ」を描いてみてほしい。

これは世紀の大発見だ、こんな手法のアートを思いついたやつがいるか？　と、ひとりで喜んで描き上げた「作品」――いや、作品というよりも、それは単に床の上に広げた紙に刷毛《はけ》でペンキを垂らしただけのものだったのだが――は、大発見でもなんでもなく、昔むかしの画家が、とっくのとうにやってしまっていた手法だった……ジャクソン・ポロックという名の、アメリカ人アーティストが。

これだけ毎日ネット漬けで何百何千もの画像や動画を閲覧しているにもかかわらず、英才は、ポロックというアーティストの存在を知らなかった。だから、自分が初めてみつけたと思っていた手法を、先人にやられてしまっていた、ということは、正直ショックだったが、それ以上に、〈アノニム〉に教えられたポロックのすごさに震えるほどの感動を覚えたのだった。

ポロックの心の叫び、声なき声が聞こえたような気がして、涙があふれてしまった。まったく、予期しない涙だった。そしてそのあとに、〈アノニム〉が、あの驚きのメッセージを送ってきたのだ。

英才は自室を飛び出し、大急ぎで自宅の玄関のドアを開けて廊下に出た。英才の自宅は古い高層アパートの十五階にあった。ドアを出てすぐ、目の前の廊下の壁に丸めた筒状のものが茶色い油紙に包まれて立てかけてあるのをみつけた。大きな紙袋に入れられた、赤、緑、黒、黄色のペンキ缶と、新しい絵筆も。

英才は自分の目を疑った。〈アノニム〉のメッセージの通りに——いや、メッセージには「絵の具一式」とあったが、実際にはペンキ一式だった——「アクション・ペインティング」を描く画材が玄関先に置いてあるなんて……おれは、夢でも見てるんじゃないのか？　いや、これは何かの罠《わな》じゃないのか？　いやいや、だけど、だとしても、いったいなんのための罠だってんだ？

――この画材一式を手に取ったら、とんでもないことが起こるかもしれない。そして、きっともう後には引けない。……それでもいいのか？

自分の中のもうひとりの自分が、問いかけてくるのが聞こえた。ほんの三秒、英才は迷った。けれど四秒後には体が動いていた。筒を抱え、紙袋を腕に提げて、奪い去るようにして家の中に入れた。音を立てないように細心の注意を払ってドアを閉め、しっかりと鍵《かぎ》をかけた。

油紙を解き、丸められたカンヴァスを横に寝かせて、ゆっくりと床の上に広げてみた。まばゆいばかりの白い画布が現れるかと思いきや、妙に薄汚れた表面が出てきた。おろ？　と英才は拍子抜けした。なんだよ……これ、誰かの使い古しのカンヴァスじゃねーの？

真新しいカンヴァスをペンキで汚すのは気が引けたが、使い古しのカンヴァスなら思い切って汚してやろうじゃん、という気持ちに切り替わった。よおし、と腕まくりして、デニムの裾《すそ》もまくり上げ、カンヴァスを床いっぱいに広げた。それから、ペンキのふたを外して、刷毛を手にすると、正面にある机の上のパソコンのスクリーンを見据えた。

〈アノニム〉から送られてきたポロックの画像「ナンバー・ゼロ」が、フルスクリーンになっている。英才は、その「中心のない絵」の中心を、穴が空くほど凝視した。

激しいうねり、ほとばしる情熱、がんじがらめのネットワーク、社会、世界、宇宙。

何もかも飲み込んでしまう、炎の赤、波の青、闇の黒、光の黄色。

――あのすべてを写し取るんだ。

「哈《ハ》――――――――――――――ッ！」

ひと声、叫んで、英才はカンヴァスの上で跳ねた。無我夢中で腕を動かし、全身をくねらせ、縦横無尽に動き回った。まるで「ポロック」が乗り移ったかのように。

そして……そのあとのことは、よく覚えていない。

気がついたら、朝になっていた。どうしたことか、床の上に広げたカンヴァスは跡形もなくなっていた。夢だったのだろうか、と思ったが、両手足がペンキだらけ、服にも激しくペンキの飛沫《しぶき》が残っていた。

――夢じゃなかったんだ。

いつのまにか「ナンバー・ゼロ」のようなものを描き上げ、いつのまにか丸めて、いつのまにか元通りに玄関の外に出したのだろうか？　酒を飲んだわけでもないし、ヤバいクスリをやったわけでもない。それなのに、完全にトランスしてしまっていた。

――おれは、一瞬……ポロックになったのかもしれない。

そんなふうに思った。

けれど、ポロックが乗り移って描いたはずの一作は、英才が眠りこけているあいだに、どこかに消えてしまった。

――どこにいっちまったんだか……。

教室の窓の外をぼんやり眺めていた英才だったが、制服の尻ポケットに突っ込んでいたスマートフォンがブルルと震えたので、はっと我に返った。

イヤフォンを耳に突っ込んで、キーを操作する。音読ソフト「リリカ」が「メッセージ・ちゃくしん・ゆーらん」と囁く。続いて、クラスメイトの玉蘭からのメッセージを読み上げる。

明日の決起集会に行く？

学生連合会の決起集会のことだ。

仲間たちのあいだでは、きのうからこの話題で持ちきりだった。英才の通う高校の生徒たちは、デモについては面白半分で話題にしている雰囲気があった。ちょっとしたブームになっているから、ゲームに参加する感じでデモにも参加してみようか……というような。

そんな中で、玉蘭は少し違っていた。本音を言えば、政治的な活動にはあまり関心はないのだが、世の中を変える、世界が変わる、そういうアクティビティには興味があるし、その瞬間に立ち会ってみたい、という気持ちを持っているようだった。世界が変わる瞬間に立ち会うなんて、そうそうないことだろうけど、もしも、いま香港で巻き起こっているうねりが、結果的に世の中を変え、世界が変わることになるとしたら……こんなにわくわくすることってほかにないんじゃない？

そんなふうに言っていた。英才とともに美術館建設予定地を見学した、あの日の帰り道で。

英才は、決起集会に、いったんは行こうと思ったが、やっぱり行こうかどうしようか迷っていた。行ったところで、何ができるわけでもない。仲間と一緒になってお祭り騒ぎをするだけならば、わざわざ行くこともない。それよりも、自分の部屋で絵を描いていたほうがいいような気がする。

たった一枚の絵で、世界を変えてみないか？——って、あいつが……〈アノニム〉が言ってたし……。

スマホが震えて、新しいメッセージが届いた。また玉蘭からだった。

私、英才が行くなら、行くよ。だから、一緒に行かない？

次の瞬間、英才は、思わず声に出して言った。

「……行く！」

Friday October 6　3:00PM

香港島　香港会議展覧中心

サザビーズ香港、「現代美術の巨匠たち《コンテンポラリー・マスターズ》」のメイン・セール開始時刻が四時間後に迫っていた。

オークション会場内では、すべての準備が整いつつあった。スタッフたちは、最終チェックに余念がない。

会場の前方にはステージが設けられ、大型のスクリーンが据え付けられている。ここに、オークションにかけられる作品の画像と、オークショニアの掛け声とともに刻々と上昇していくビッド・プライスが表示される。価格はUSドル、香港ドル、ユーロの三つの通貨で表示される。

スクリーンの前にはサザビーズのロゴ入りポディウムが置かれ、ハンマー片手にオークショニアがここに立つ。

セールの出来不出来は、オークショニアの作品さばきにかかっている。オークショニアは、さしずめオーケストラの指揮者《コンダクター》なのだ。タクトひとつでその場を支配し、空気を変える。最初は静かに、次第に波に乗せ、一気に盛り上げる。

淡いブルーのシャツに濃紺のネクタイを締め、サザビーズ・ニューヨーク所属の花形オークショニア〈ネゴ〉が、ポディウムに立った。ヘッドセットのマイクをつけ、音響《PA》係のほうに向かって声をかける。

「マイクの調子はどうだい？　こんな感じでいいかな？」

「オーケーです」香港人のＰＡが、片手を上げて合図した。「よく通るいい声ですね」

「まあね」にっと笑って、ネゴは応えた。ヘッドセットを外しながら、つぶやく。

「この声で、いったい何人落としたことか……」

「君が落としたのは、作品じゃなくて、美女というわけか」

ネゴのつぶやきをキャッチして、サザビーズ香港社長のジョニー・ラウがすかさず言った。「聞き捨てならないね」

「作品のほうは、落としてもらうのが専門ですので」

ネゴはそう言って、さらりとかわした。おっと危ない、うっかり「つぶやき」を拾われるようじゃ私もまだまだだな。

「どうだい、パトリック？　やはりメイン・セールのまえは、緊張するものだろう？」

ジョニーが尋ねると、

「いえ、それほどでは」と、にこやかにネゴは答えた。緊張しているのはそっちだろ、とつぶやきたかったが、また拾われてしまってはまずい。

「正直、ポロックを看板にしてどれほど入札予定者が集まるものだろうかと思っていたんだが……現時点で、あの作品を狙っている本気の入札者《シリアス・ビッダー》が三十人以上いるとは、驚かされたよ」

いても立ってもいられないのだろう、ネゴのすぐ隣に立つと、ひそひそ声でジョニーがそう言った。

「まったく、おっしゃる通りですね」ネゴは追従した。

「ポロックの予想最低落札価格は四千万ドルですから、少なくともその三倍以上の資産を所有していないことには、落札レースに参加することも許されないわけです。今日、レースに参加の名乗りを上げているビッダーの方々は、すべて十分な資金を備えた方々ばかりですから……実際の落札価格は、かなり期待できますよ」

「うむ、そうか。かなり期待できるか……」

赤ら顔をいっそう紅潮させて、ジョニーはほくほくしている。

「ひょっとして、オークション史上最高落札価格をつける……なんてことにならないとも限らないかね。もしそうなったら……いや、これはかなり期待できるかもしれん……」

ぶつぶつ、つぶやいてから、

「まあとにかく、すべては君の采配《さいはい》にかかっている。頼んだよ、パトリック」

ネゴの肩をぽん、と叩いて、いそいそと会場の外へ出ていった。

――過去最高の落札価格をつけるかって？　望むところさ。

ふふ、と口の端で笑うと、ネゴはバックヤードへと戻っていった。

――さて。今日の主役に挨拶《あいさつ》しておこうか。

その日、メイン・セールに出品される作品は、大小合わせて総計二百点近くもあった。これらを一点一点、オークションテーブルの上に載せ――むろん、テーブルに載らないサイズのものはスクリーンに画像を映し出すだけで舞台に登場しないのが常である――三時間ほどで売りさばく。段取りよく、手際よく、次々に売っていかなければならない。そうしないと、会場の入札者も見ているだけのギャラリーも、だれてしまうからだ。優れたオークショニアは、オーディエンスを決して飽きさせないようにコントロールする必要がある。

コンテンポラリー・マスターズの作品はサイズが大きいものが多い。プレビューのためにきのうまで会場に展示されていたが、オークション当日は壁から下ろされて輸送箱《クレート》に入れられ、厳重なセキュリティのもと、バックヤードの保管庫に入れられている。この保管庫に入れるのは、ごく限られたオークション関係者のみである。

二重にロックされたドアをセキュリティ・カードで通り抜け、ネゴは保管庫に向かった。サザビーズ香港の作品管理担当の責任者、アレクシス・フォイが、ちょうどクレートの最終チェックをしているところであった。

「やあ、アレクシス。出荷の準備は万端ですか？」

ネゴは親しげに声をかけた。実際は、この生真面目な管理者とはつい五日まえに初めて会ったばかりなのだが。

「ええ、すべて段取り通りです」アレクシスは、少々緊張した表情で返事をした。

「通関の準備も整えました。特に、ポロックに関しては……すぐに輸送手続《シッピング》きに入れるようになっています」

「そうですか。それはすばらしい」ネゴは満足して言った。

「もしも私の予想通りに、オークション史上最高落札価格でこの作品が、ビッダー『X』の手に渡ったら……その人物は、間髪を容れずに国外へシッピングするようにリクエストしてきますからね。私がハンマーを振り下ろしたら、その直後にここから出荷しなければならないのです。それを忘れないでください」

「ええ、わかっています」社長同様に頬を紅潮させて、アレクシスが返した。

「そのために、美術品輸送車を搬出入口《ローディング・ドック》につけて待たせておきます。もちろん、輸送車はあなたが指定された美術品輸送専門会社『コンプリート・アート香港』に依頼済みです」

「そうですか。美しい段取り、さすがですね」

ネゴが持ち上げると、いや、そんな、とアレクシスは頭を掻《か》いた。それから、顔を上げて、「ただ……」と言いよどんだ。

「もしも『すぐに出荷』ということにならずに、輸送車をキャンセルすることになったら……キャンセル料は一〇〇パーセントだと、言われてしまって……」

「それはつまり、ポロックが『X』以外のビッダーの手に渡ることになったら……ということですか？」

ネゴが訊くと、「ええ、まあ……」と、アレクシスは言いにくそうに答えた。

「オークションは、ときどき思わぬ方向に転びますからね。予想通りに運んだらラッキー、くらいに思っておいたほうが……」

「私がオークショニアを務める限り、予想通りに運ばないことなどありえない」

ネゴはぴしゃりと言った。

「あなたがた香港のやり方と、私たちニューヨークの流儀は違うのです。……今夜、それをお目にかけましょう」

挑戦的な眼差《まなざ》しを香港の同僚に向けて、ネゴは、踵《きびす》を返して保管庫を出ていった。

厳重なドアを抜けながら、ウェアラブルスマートフォン〈ハッチ〉のデジタルタイマーをちらりと見る。

メイン・セール開始まで、三時間三十分を切っていた。

Friday October 6　3:50PM

九龍半島　環球貿易広場

ヴィクトリア・ハーバーを見渡す高層ビルの百十八階にあるスイミング・プールのデッキチェアで、ヘロデは午後のまどろみの最中だった。

　モンテカルロを出てニースからパリ経由のフライトで香港に到着し、九龍半島にあるラグジュアリーホテル「ザ・リッツ・カールトン香港」のプレミアエグゼクティブスイートに落ち着いたのは、昨夜十時近くだった。ヘロデにとって、香港へやってきたのはこれが初めてのことだったが、決して華美ではないモダンなインテリアの角部屋と、その窓いっぱいに広がる宝石箱をひっくり返したようにきらめく夜景を眺めて、なかなかよさそうな街じゃないか、と満足した。

　なんでも、香港の中心部はここのところ長引いている学生たちの大規模デモで麻痺《まひ》状態にあるらしい。空港からさほど遠くないはずなのに、街中に入ってからやたら交通規制があって回り道をするのが気になりドライバーに尋ねてみたところ、そういう話を聞かされた。香港は中国の中でも「特別行政区」になっている——なぜかといえば、二十世紀の終わり頃まで香港はイギリスの租借地だったからだ。

一九九七年、香港の主権は中華人民共和国に返還されたものの、女王陛下の配下であることに長年慣れ親しんできた香港市民の心情を慮《おもんぱか》ってか、中国政府は「高度な自治」を維持することを認めた。香港は外貨を稼げる「ドル箱」なのだ、一層の経済的発展を期待していたのだろう。

なるほど、香港の繁栄は想像以上だ。どうだい、このホテルのゴージャスなこと。そのうえ天空のプールで優雅に泳ぐビキニ姿の美女が目を楽しませてくれるとは、悪くないじゃないか……。

水から上がったビキニ姿の女性が、デッキチェアの横をすり抜けていくのを目で追いかけていると、ヴィヴァルディの曲、「四季・春」が流れ始めた。スマートフォンの着信メロディだ。ヘロデは小さく舌打ちをして、サイドテーブルの上のスマートフォンを手に取り、通話キーをタップした。

『ごきげんよう、ヘロデさま。初めての香港はお楽しみいただいておりますでしょうか?』

電話をしてきた相手は自分が何者なのか名乗らなかったが、すぐにわかった。気取ったクイーンズ・イングリッシュで鼻につく物言いをする〈仲間《アソシエ》〉は、ロンドンを拠点に活動するプライヴェート・ディーラー、ジョナサン・ハブマイヤー以外にはいないからだ。

「ああ、楽しんでいたとも。あんたが電話をしてくるまではな」

白けた気分でヘロデは答えた。このコールが五分後だったら、ナンパの真っ最中で通話に応じなかっただろう。

『これは失礼。どうやらお楽しみ中だったご様子……お邪魔いたしますことをお許しください』

さして申し訳なさそうな様子でもなく、ハブマイヤーが詫《わ》びた。

『メイン・セールの開始が三時間後に迫っています。現状報告をさせていただこうと思いまして』

もちろん、そのためにヘロデはこの地へやってきたのである。ビキニ姿の美女が目の前を通過しようとも、いや、たとえ彼女が首に絡みついてきたとしても、〈ゼウス〉の下命を忘れるほど自分は間抜けではない。

ヘロデはバスローブを羽織って立ち上がった。そのまま、窓際へと歩いていく。巨大な窓いっぱいにヴィクトリア・ハーバーの風景が霞《かすみ》を帯びて広がっている。対岸に居並ぶビル群を見渡して、どのビルでオークションが開催されるんだろう、と思いつつ、ヘロデは尋ねた。

「ビッドの準備は万端なんだろうな？」

ハブマイヤーは、今夜七時にスタートするサザビーズ香港のメイン・セールにビッダーとして参戦することになっている。彼の背後に控えているのは、ロシア人実業家、ミハエル・ドルコフスキー。しかしこの男は単なる「ダミー」である。ドルコフスキーを動かしているのはヘロデであり、そしてヘロデを動かしているのは誰あろう、全知全能の神の名を自分に冠して憚《はばか》らないあの男、〈ゼウス〉であった。

サザビーズ側に見えているのはテレフォンビッドを申し込んでいるハブマイヤーと、彼の雇い主となっているドルコフスキーまでだ。ドルコフスキーの背後に何者が潜んでいるかまではサザビーズの知るところではない。資産十億ドルを超える大富豪がオークションに参戦するということさえわかっていれば、その後ろに潜んでいるのが神であろうと魔物であろうと、オークションハウスは知らんぷりをしていてくれるのである。

『ええ。私の窓口となっているのはサザビーズ・ロンドンの担当スタッフ、ラリー・オースティンです。会場にはテレフォンビッダー用のひな壇が作られていて、ラリーがそこで待機しています。私はオークション開始十分まえまでにあなたのお部屋に伺い、あなたとともにそのときを待ちます』

オークション会場の模様は、ハブマイヤーのパソコンを通してオンラインで視聴できるようになっている。そして、メイン・セール開始一時間後あたりで、ヘロデの「獲物《ターゲット》」が――いや、〈ゼウス〉の「生贄《サクリファイス》」が登場するはずである。「生贄」がオークションテーブルならぬ会場前方のスクリーンに登場した瞬間に、ハブマイヤーが電話でつながっているラリー・オースティンに指示を出してビッドする——という段取りが整えられていた。

ふうむ、とヘロデは鼻を鳴らした。

オークションに参戦するのは初めてのことなのだが、べつだん何がわからないというわけではない。理路整然とすべてが順序立てられ、きちんと段取りされているのが、むしろ面白くない気がした。

ヘロデが得意とする「美術品窃盗」は、常に相手の裏をかき、その場の状況次第ですばやく作戦を変えるスリルに満ちている。手を替え品を替え、狙った獲物を奪取するあの快感といったら、とても言葉にできない。

ヘロデは、決して美術品が欲しくて盗みを働くわけではない。盗むときのスリルと、手に入れたときの達成感。そのふたつを味わいたくて美術品窃盗などというリスキーな仕事をしているのだ。何もラグジュアリーなホテルのプールでのんびりする生活に憧《あこが》れていたわけじゃない。ましてやあんな頭のいかれたおっさんの手下になりたくてやっているはずもない。

「獲物」が——いや、「生贄」が、あれほどまでに巨大でなければ、几帳面《きちょうめん》に正面玄関のドアをノックして「いただきに参上しました」とばかりにオークションに参加することなどしなかっただろう。ダミーを立てたり、そのダミーに資産の審査を受けさせたり、ビッダーを立てたり、回りくどくて面倒な手続きをこつこつと進めることなど、そもそも性に合わないのだ。あいつがもうほんの三十センチ小さければ、どうにかして盗んでみせただろうに……。

「ライバルはいるのか？」

ヘロデの問いに、ハブマイヤーは、ええもちろん、とすぐに答えた。

『敵陣はかなり手強《てごわ》いですよ。ミスタ・ドルコフスキーと同等かそれ以上の資産保持者が三十名以上、参戦する予定のようです。誰が「獲物」をさらっていってもおかしくはありません』

ううむ、とヘロデは低くうなった。

「……落とせるんだろうな？」

かすかに弱気が頭をもたげた。ヘロデ一派の〈仲間〉であるハブマイヤーはやり手のプライヴェート・ディーラーで、盗品を闇マーケットに流すのも拾ってくるのもお手のものだったが、オークションに参加するのはやはりこれが初めてだった。とはいえ、段取りのよさでは彼をおいて任せられる〈仲間〉がいない。今回ばかりは、折り目正しく正面玄関をノックするほかはないのだ。

『ええ、落とします。必ず』

少し緊張を含んだ声色で、ハブマイヤーが答えた。鼻につく物言いは消えていた。

ヘロデもハブマイヤーも、じゅうぶんにわかっていた。

サザビーズ香港のメイン・セールでジャクソン・ポロックの「ナンバー・ゼロ」を落とすか。あるいは、落札をしくじって〈ゼウス〉の逆鱗《げきりん》に触れ、自分たちが命を落とすことになるか。——結果はふたつにひとつなのだ。

Friday October 6　6:45PM

香港島　香港会議展覧中心

サザビーズ香港のメイン・セールがまもなく開始される会場のバックヤードで待機中の作品管理担当の責任者、アレクシス・フォイのスマートフォンが着信のメロディを奏で始めた。

「はい、もしもし。アレクシス・フォイです」

広東語で応じると、

『こちら「コンプリート・アート香港」です。美術品輸送のご依頼を受けて参りました。たったいま、搬出入口《ローディング・ドック》の外側に輸送車をつけたところです』

野太い男の声で、やはり広東語で返ってきた。アレクシスはほっと胸を撫《な》でおろした。が、それを気取られまいと、わざと居丈高な調子で文句を言った。

「なんだ、困るよ、こんなぎりぎりになって……予定では午後六時に到着ってことで手配を頼んだじゃないか。あと十五分でオークションが始まるっていうのに、まったく……」

『申し訳ありません。ご承知かと思いますが、デモであちこちの通りが封鎖されていまして、思いのほか時間がかかってしまって……』

　いかにも申し訳なさそうに、電話の向こうで男が詫びた。アレクシスはいらいらしたが、ねちっこくクレームをつけているひまはない。

「いまそっちまで行くから、ちょっと待っててくれ」

　そう言って電話を切った。大急ぎでスタッフの控え室へと飛んでいく。せわしなくノックしてからドアを開けた。

「おっと。入ってくれ《カム・イン》とはまだ言っていませんよ、アレクシス？」

　テーブルの上においたスタンド式の小さな鏡を覗《のぞ》き込んで、きっちりと髪をなでつけていたオークショニアの〈ネゴ〉が、ドアのほうをちらりとも見ずに言った。アレクシスは、「これは失礼しました」と、一歩ひきかけたが、ぐっと止まって、

「たったいま、『コンプリート・アート香港』の美術品輸送車が搬出入口に到着しました。デモのせいで通りが封鎖されていたとかで、ずいぶん遅れてしまいましたが……」

　ネゴは顔を上げると、アレクシスのほうを向いて、にこりと笑顔になった。

「そうですか。香港の輸送会社もなかなかやりますね。この半月ほどは、デモにかこつけて香港では何ごとも遅れるのが当たり前になってしまっていると、こっちの友人に聞いていたから、もしや来られないかもしれないと思いましてね。だから、私の知り合いが社長を務める『コンプリート・アート』に輸送の依頼をしてもらったのです。

これがいつもあなたがたの使っている輸送会社だったら、オークションが終わっても到着しなかったかもしれませんよ」

小言のひとつも言われるかもしれないと身構えていたアレクシスは、「そうだったんですね」と顔をほころばせた。

「さすがです、パトリック。落札された『ナンバー・ゼロ』をすみやかに搬出するためにと言って、あなたがご自身で輸送会社を指定なさったときは、失礼ながら、いつも使っている会社に依頼したほうが何かとスムーズなのに……と思ったんです。それに、もしも『ナンバー・ゼロ』を当日に搬出しないことになってキャンセルしたら、キャンセル料は一〇〇パーセントかかると言われていましたし……『落札後すぐに搬出すること』を入札の条件にしているビッダーは、例の『X』だけでしたからね。けれど、あなたのおっしゃる通り、いつもの輸送会社だったら、まったく間に合っていなかったかもしれない……いやはや、ほんとうにあなたは何手も先を読んでおられる。まるでチェスの勝負を見ているようだ」

アレクシスが褒め称《たた》えるのをじゅうぶんに聞き届けてから、ネゴが言った。

「じゃあ、私はそろそろ会場へ向かいますから、君は搬出入口まで行って守衛にシャッターを開けるように指示してくれますか」

「わかりました」頬を紅潮させて、アレクシスが答えた。

「いよいよですね」

ネゴは、もう一度、ゆったりと微笑んだ。

「ええ。……いよいよです」


コンベンション・センターの地階にある搬出入口、きっちりと閉められたシャッターの前に、二トントラックが到着していた。

銀色の車体には「美術品輸送車」とブルーのフォントのシャープなロゴが躍っている。下のほうにごく小さく「Complete Art HongKong《コンプリート・アート香港》」と添えられている。あまりでかでかと「美術品輸送」と車体に書いてしまうと何かと物騒だから、できるだけ目立たないように、ほんのちょっとだけ添えたほうがいいのだ——と、これはネゴ直々のアドヴァイスである。

「だったら何も書かないほうがいいんじゃないのかね。社名だって『コンプリート・アート』って、なんだかいかにも『アート運び屋でございます』ってアピールしてるんじゃないかと、おれは思うけど」

トラックの運転席に、作業用のつなぎを着てカーキ色のキャップを目深に被《かぶ》り、座っているのは〈エポック〉である。助手席には、やはりつなぎを着てキャップを被った〈ミリ〉が座っている。

「甘いわねエポック。普通のトラックを美術品のローディング・ドックに着けたら、逆に怪しいじゃない。最低限『美術品輸送車』であることを強調しなくちゃ、サザビーズのスタッフに安心して任せてもらえないわよ」

左手首につけているウェアラブルスマートフォン〈ハッチ〉のデジタルタイマーを目で追いかけながら、ミリが言った。

エポックがサザビーズのスタッフ、アレクシス・フォイに電話をしてから五分が経過していた。あと十分でオークションの幕が開く。アレクシスは大慌てでネゴにトラック到着の報告をしてからこちらに向かっているところだろう。

ピッ。〈ハッチ〉がメッセージの受信音を鳴らした。すぐにチェックする。〈ヤミー〉からだ。

ハイ、ミリ&エポック。そっちはどう？

「ハイ、ヤミー。こちらは準備オッケー。まもなくローディング・ドックのシャッターが開くわ」

〈ハッチ〉に向かってミリは語りかけた。この極小の超高性能コンピュータは、瞬時に音声をテキスト化してメッセージを送ってくれるのだ。

それはよかった。こっちも準備万端よ。オブリージュも私も、オークション会場に陣取っているわ。私は最前列、彼は最後列。あっちは目立ちたがり屋だから、中継のカメラ映りのいいところを狙って座ってるわよ。

「まったくもう」ミリは、くすくす笑った。

「そんなこと言って、きっとヤミーだってカメラ映りのいいところに座ったに違いないんだから」

「困ったやつらだな」

やはり〈ハッチ〉でふたりの会話を見ていたエポックが、あきれた調子で言った。

「目立ってどうするってんだ。おれたちの存在はアートの世界じゃ最大の謎なんだぞ。そこんとこ意識してもらわにゃいかん。あとでこってりお説教だ」

と、そのとき。巨大な壁のようなシャッターが、ガーッ、ギシギシギシ、軋《きし》みながらゆっくりと上がり始めた。

「よしきた」エポックがつぶやく。ミリは「いったん通信終了するわ」と〈ハッチ〉に向かって言うと、通信を切った。

シャッターが完全に上がった向こうには一段上に搬出入口があり、そこに守衛がひとり立って、手招きで誘導している。トラックは後ろ向きに、そろそろと進入していった。

サイドブレーキを引き、エンジンを切って、エポックとミリは車外に降りた。すかさず、青いシャツにジャケット姿の香港人男性が駆け寄ってきた。首からはIDを下げている。

「こんにちは《ニーハオ》、サザビーズ香港のアレクシス・フォイです」

ふたりは「ニーハオ」「ニーハオ」と口々に言いながら、アレクシスと握手を交わした。

「遅れてすみません。デモのバリケードが厄介で……迂回《うかい》しながら、どうにかここまでたどり着きました」

エポックが流暢《りゅうちょう》な広東語で言い訳すると、

「いやいや、とんでもない。いつもうちが頼んでいる輸送会社だったら、きっと間に合わなかったことでしょう。むしろ時間通り《オン・タイム》ですよ。感謝します」

エポックとミリは、ちらりと視線を交わした。さっき電話したときとずいぶん態度が変わっている。ネゴがひとこと添えたに違いない。

「で、私たちはどこで待機していればいいんでしょうか」

エポックが訊《き》くと、

「作品保管庫付近で待機してもらいます。私についてきてください。これを首にかけて」

アレクシスは紐《ひも》のついたゲストパスをふたりに渡した。そして、足早にビルの内部へ入っていった。

エポックがミリに目配《めくば》せした。ミリは小さくうなずくと、〈ハッチ〉に向かって囁《ささや》いた。

「いまから入館します。一時間後にコンタクトすることを祈って。グッド・ラック」

その言葉は瞬時にテキスト化され、〈アノニム〉のメンバー全員のもとに届けられた。十秒後、全員からメッセージが返ってきた。

朗報待ってるよ。a
任せてくれ。n
競り上げますよ。o
頼んだわよ。n
いただきよ。y
指をクロスして。m
おう、持ってくぜ。e

193　Friday October 6　6:45PM

最後に届いたのは、〈ボス〉からのメッセージ。

なんだってできるはずだ《ザ・ワールド・イズ・ユア・オイスター》。幸運を《グッド・ラック》！　j

Friday October 6　6:50PM

香港島　香港会議展覧中心

メイン・セールがまもなく開始されるサザビーズ香港のオークション会場は、ビッダー、アート関係者、マスコミ、そして興味津々のギャラリーが集まり、用意されたシートは満席、周辺も立ち見客でいっぱいになり、大勢の人々でにぎわっていた。オークションの様子はオンラインで中継され、世界中どこにいようとも、アクセスが許可されている関係者およびテレフォンビッダー、オンラインビッダーは一部始終を視聴できるようになっている。

スタッフ控え室のテーブルの上に据えられたラップトップパソコンのディスプレイをちらりと見やって、〈ネゴ〉はその横に置かれた卓上ミラーをのぞき込んだ。これが身だしなみの最終チェックである。いまの彼にとっては、メイン・セールの会場がどれほど混雑しているかを確認するよりも、自分の髪型がどれほどキマっているかを入念にチェックするほうが、よほどの重要事項なのである。

淡いブルーのシャツの襟元、濃紺のタイをきゅっと締め直して、結び目が１ミリたりとも横を向かないように。――と、ふいに微笑が頬に広がった。

――なんだろう、〈ミリ〉の癖がうつっちまったみたいだな。

〈仲間《メンバー》〉のミリは、国際的に活躍する若手建築家である。彼女は1ミリどころか0・1《コンマイチ》ミリたりとて歪みや隙間を見逃さない。

初めて彼女と組んで〈業務《アクト》〉に当たったとき――とある国のとある街のとある豪邸に〈侵入《ヴィジット》〉したのだが、建物のどこに隙間があるか見抜いたのは彼女だった。そう、あのとき〈実行担当《プレイヤー》〉だったのは〈オーサム〉と〈オブリージュ〉、そして〈ヤミー〉だった。ネゴとミリは〈遠隔操作担当《オペレーター》〉として別の場所にいた。そして、オーサムによるオンラインの中継でプレイヤーたちを追いかけていた。

あのとき、事前に入手した施設の図面を読み解いて、セキュリティに引っ掛からない侵入経路を探し当てたのはミリだったし、豪邸の壁に掛かっていた〈救出作品《レスキュイー》〉の額《フレーム》と表面の無反射ガラス《ノンリフレクション・グラス》のあいだにかすかな隙間があることを見出《みいだ》したのもミリだった。

結果的には、ガラスと額のあいだに特殊なナイフを差し込んで、作品が傷つかないようにガラスを外し、掛かったままの額からまんまと一枚の絵を取り出すことに成功した。あれが枠張りカンヴァスに描かれた絵だったらそんなにうまくはいかなかっただろうが、絵が描いてある部分だけ鋭利なナイフで切り取られて盗まれた作品だったのだ。

その後、あの作品は、〈ネバネス〉のコンディションチェックを受け、修復の応急処置をされて、簡易な——しかし湿度調整剤内蔵の——箱に入れられて、もともとの持ち主に届けられた。あのときも確か、〈エポック〉が宅配業者のユニフォームでわざわざ届けたんだっけ。まったく彼ときたら業者のユニフォームが妙に似合う男なのだ。そして人をほっと油断させる愛嬌《あいきょう》がある。黒々とした口ひげとずんぐりした体形はまるっきり「マリオ」だし、豪勢な邸宅であれ堅牢《けんろう》な美術館であれ、通用口のインターフォンのモニター越しに人懐っこい笑顔で「お荷物をお届けに上がりました」と言われれば、たいていはあっさりとドアを開けてしまうのだ。まさか年商五百万USドルを誇るトルコ絨毯《じゅうたん》の商い人かつ美術史学の世界的権威であるとは、何人《なんぴと》たりとも想像できまい。

　そうして、とある持ち主から盗まれたとある作品は、「枠だけ」のカンヴァスに元通り収められた。もちろん、誰が、いつ、どうやって、そしてなぜ、盗み出された作品を元通りに戻してくれたのか、持ち主が知る由もなかった。絵の裏には、謎の一文字——「a」が印刷されたステッカーが貼られてあった。それだけが、この絵を奪い返してくれた何者かを物語る唯一の痕跡《こんせき》だった。

　持ち主は、絵の修復をネバネスに依頼した。その際、彼女に真顔で尋ねたそうだ。

「a」とは、芸術をつかさどる神のイニシャルでしょうか？

　ネバネスは——これは本人から後日談として聞かされたことだが——少し考えるふ

うを装って、ゆっくりと答えた。そういえば……美の女神アフロディーテの頭文字ですわね。

卓上ミラーをのぞき込みながら、ネゴの脳裡《のうり》にさまざまな記憶がフラッシュした。そう、それはほんの十秒かそこらのあいだのことだ。しかし、ほんのつかのまひらめいた記憶の鮮明さといったらない。

なぜか？——彼の人生において、あれほどまでに意義深く、啓示と霊感に満ち溢《あふ》れた、そして刺激的な出会いはほかにはなかったからだ。

そうなのだ。——「a」を束ねるボス、〈ジェット〉との出会いが、それからのネゴの人生を劇的に変えた。

だが……それについてゆっくり反芻《はんすう》するのは、この〈業務《アクト》〉を終えたあとにしよう。

ネゴは、ミラーの中の自分に向かって微笑んだ。どこからどう見ても完璧《かんぺき》な、オーケストラの指揮者のごときオークショニアがそこにいた。

オークション会場のバックヤードの通路を、サザビーズ香港の作品管理担当の責任者、アレクシス・フォイが作品保管庫に向かって足早に歩いている。

そのすぐ後ろを、ゲストパスを首に下げたつなぎにキャップ姿のエポックとミリが、やはり足早についていく。

アレクシスはちらりと腕時計を見ると、

「うわっ、まずい。あと五分でオークションが始まっちゃうよ」

そうつぶやいて、小走りになった。つられるようにして、エポックとミリも小走りになる。

「急いで、こっちです」

作品保管庫の入り口まで来ると、三人は立ち止まった。アレクシスは、ふたりに向かって言った。

「この入り口付近で待機していてください。私はいったん控え室に戻りますが、『ナンバー・ゼロ』の競りに入る直前にここへ戻ってきます。落札のもようは無線で確認しますので、ハンマーが落ちた直後に、このドアのセキュリティを外します。あなたがたは私と一緒に中に入って、作品を搬出してください。そしてすぐに香港国際空港に向かって、通関してください」

「わかりました」とエポックが答えた。例によって、流暢な広東語で。

「ですが……今夜二十一時が手続きの最終締め切りです。予定では、日付が変わった直後の〇時五分発キャセイパシフィック２６１便に載せるということですが、とにかくぎりぎりですよ。ほんとにそれでいいんですよね？」

「ええ。ただし、条件付きなので……ひょっとすると、搬出しないということになる可能性もゼロではないです」

「ええ？　それって、つまり……ドタキャン?!」エポックは、太い眉毛《まゆげ》を思い切り上げて大きな声を出した。

「しっ。声が大きい！」とたんにアレクシスが人差し指を口の前に立てた。

「もちろん、九十九パーセントは搬出すると信じています。いや、九十五パーセントは……いやでも、九十パーセントくらいかな……うーん……」

「あ、あの……ど、どういうことなんで？　そりゃ困りますよ」

エポックは、心底焦ったような声で言った。

「税関には今夜中に通関するからって予約を入れてるし、飛行機の積載貨物を直前にキャンセルするなんて、前代未聞ですよ。そんなことになったら、私らの責任が問われてしまいます。最悪、クビが飛んじまう。そりゃまずい。困ります。私にゃ身重の妻も育ち盛りの子供もいるんだ。年老いて歩くこともままならない母親も……ああ、いったいどうしたらいいんだ」

両手をばたばたさせて、大げさに天井を仰いで見せた。一方、ミリは能面のような顔をして、黙って突っ立っている。

「大丈夫、大丈夫ですよ。落ち着いて」

アレクシスが、半分泣き顔になっているエポックの肩を叩《たた》いてなだめた。

「実は、ここだけの話ですが……落札の最有力者と目されているビッダー『X』が、落札後の条件として、ただちに作品を搬出してパリへ輸送することを提示しているんです。従来ならば、そんなクレイジーな条件を受け入れることはないのですが……なにしろ史上最高の落札価格になる可能性があるので、当社もその条件をいちおう受け入れた、というわけです」

「は？」エポックは涙目を瞬《しばたた》いた。

「ってことは……『X』さんが落札しなかったら、やっぱり、キャンセルってことになるんですか？」

「んー、まあ……そういうことになりますかね……」

歯切れ悪くアレクシスが答えた。

「なんてこった！」エポックは、もう一度、天井を仰いだ。「まるで博打《ばくち》じゃないか！」

アレクシスは、むっとして、「博打ではありません。オークションです」と、生真面目に正した。

「とにかく。今日のオークショニアはニューヨークからわざわざこの日のために香港へやってきた世界的な花形オークショニアなんです。彼の手にかかれば、わずか三十秒で作品の価格が一千万USドル上昇するというから驚きです」

したり顔でアレクシスは言った。

「花形だか星形だか知りませんけど、きっちりカタをつけてくれなけりゃ、こっちは三十秒でクビが飛びますわい」

ぶすっとしてエポックが言い返した。ミリは無表情を装いたいのに、口もとが笑いで歪《ゆが》んでしまう。

「当方としても、キャンセル料一〇〇パーセントなんてことになったらまずい。大丈夫です、きっとオークショニアがやってくれるでしょう。『ナンバー・ゼロ』を最高落札価格で『X』のもとに……おっと、おしゃべりが過ぎた。もう行かなければ」

そう言って、アレクシスは書類をエポックに手渡した。

「当社の代表のサイン済みの通関書類です。先に渡しておきましょう……使われることを祈って」

ぽん、ともう一度エポックの肩を叩いて「じゃあ、一時間後に」と、通路を足早に戻って行った。

エポックは急いで書類をチェックした。そして、ミリに目配せした。ミリは横から書類をのぞき込んだ。

作品評価額の欄に「一億USドル」と書いてある。

ふたりは、目を見合わせて、こっそりと笑った。

Friday October 6　6:50PM

香港島　湾仔　Expect Hotels & Resorts

ピピッ、と腕に巻いているウェアラブルスマートフォン〈ハッチ〉が着信音を発した。

メイン・セール開始まであと十分と迫ったそのとき、〈ジェット〉は自らが総裁を務める企業「創大集団」傘下にあるホテルの最上級スイートルームの窓辺に佇《たたず》んでいた。

スイートルームは三十階に位置していた。ほかのラグジュアリー・ホテルのようにスイートルームがあまりにも高層階だと、めまいを覚えるセレブリティがいるはずだ、とジェットは言い張って——事実、自分がそうなのだ——このホテルの最高級の部屋は「低層階」に置くことにした。それが功を奏してか、一泊一万USドル近くするにもかかわらず、この部屋は年間を通しての稼働率がほぼ一〇〇パーセントだった。

ジェットは〈ハッチ〉が受信したショートメッセージを見た。ミリからだった。

いまから入館します。一時間後にコンタクトすることを祈って。グッド・ラック

と、すぐに仲間たちからメッセージが続々と届いた。

朗報待ってるよ。a

任せてくれ。n

競り上げますよ。o

頼んだわよ。n

いただきよ。y

指をクロスして。m

おう、持ってくぜ。e

ほんの三秒間、こんな場合にもっともふさわしいメッセージをジェットは考えた。

そして、〈ハッチ〉を口もとに近づけると、言った。

「なんだってできるはずだ《ザ・ワールド・イズ・ユア・オイスター》。幸運《グッド・ラック》を！」

音声メッセージはたちまちテキストに変換されて、各メンバーの〈ハッチ〉に送信された。

〈ハッチ〉の小さな画面に「送信済《セント》」のアイコンが現れたのを確認してから、サマーウールの黒いジャケットの胸ポケットから銀縁メガネを取り出し、かける。しゃれたメガネにしか見えないウェアラブル端末〈アイ〉には、録画機能付き高性能望遠鏡が搭載されている。これで世界を眺めれば、隣の雑居ビルの一室での秘め事を垣間《かいま》みることくらいお手のものだ。もっともジェットは低俗な「のぞき」などには皆目興味がないのだが。

目の前に建ち並ぶ高層ビルは、ほとんどが味気ないデザインのオフィスビルだったが、かなり老朽化した住宅棟もいくつか紛れ込んでいる。ジェットは、その中のひとつの窓に〈アイ〉をフォーカスした。

汚れてところどころ亀裂《きれつ》が入ったコンクリートの壁。ほこりだらけのサッシがはめられた窓。しみだらけのオレンジ色のカーテンが下がっている、そのあいだに、Tシャツ姿の男子の後ろ姿が見える。

男子は、ヘッドフォンをつけ、パソコンに向かい合っている。どうやらチャットの真っ最中のようだ。

ジェットはその後ろ姿をじっとみつめてから、ズボンのポケットの中から小指ほどの大きさのワイヤレスリモコンを取り出した。スイッチを押すと、いま、自分が見ているものの動画が録《と》れるのだ。二十秒ほど録画すると、ジェットはそれを即座に〈オーサム〉に転送した。

ピピッ、と腕に巻いている〈ハッチ〉がふたたび着信音を発した。ジャケットのポケットから、今度は〈カプセル〉を取り出し、耳の中に入れる。

『グッド・イヴニング、ボス。まもなく〈業務《アクト》〉開始ですね』

オーサムの声だ。

「やあオーサム。あと八分で開始だ。『ナンバー・ゼロ』のいまのところの持ち主のロレンダは、隣室にセッティングしたモニターにすでにかぶりついているよ」

『おれもオンラインで見てますよ。最前列にヤミー、最後列にオブリージュが陣取ってる。ふたりともオブリージュのブランドの服、着てますね。ここぞってときに自社ブランドのＰＲ、ちゃっかりやってやがる……マジかよ、あいつプレゼンうま過ぎ』

ジェットは、ふっと笑い声を立てた。

「君もオークション会場の中継を見ているとはね。ごく一部の関係者しかアクセスできないはずだぞ。ハッキングしたのか？」

『人聞き悪いなあ。ちゃんとネゴ先輩にパスワードもらったんですよ』

少々ふてくされた声が返ってきた。が、すぐに調子を変えて、オーサムは言った。

『それより、動画ありがとうございました、張英才の。ちょうどこっちで彼とやりとりしてたところです。なかなかおもしろいっすよ。いま、パソコンのスクリーンにオークション会場の中継映像が映ってるんすけど、画面上で、ちょうどオブリージュの後ろ姿の右横のあたりに英才とのチャットボックスがあって……で、ヤミーの後ろ姿の左上あたりに、ボスが送ってくれた英才の後ろ姿の動画のボックスがぴょこんって出てきて……なんつーか、めっちゃいい感じっす』

学生アントレプレナーとしてIT企業を立ち上げ、二十代にして巨万の富を手にした会社社長の物言いとはとても思われない。が、それがまたジェットの微笑を誘うのだった。

「英才は？ やる気になってるか？」

『こっちの煽《あお》りに乗ってきて、やる気満々です。明日の午前十時に決起集会に行く予定ですが、そこで「演説ジャック」、やらせます』

ジェットはにやりと口角を上げた。

「そうか。舞台のセッティングは？」

『万端です。今回の決起集会の学生リーダー、李健仁《リ・キンヤン》に全米学生連合代表の名前を騙《かた》ってコンタクトしたら、一発でオーケーでしたよ。どんなふうにでも演出してくれ、それで世界のマスコミの注目を集められるなら願ったりかなったりだ、って』

「そうか。場所は確か、香港文化大学の講堂だったな。キャパは？」

『千六百席です。舞台の広さは約百平米。背景の壁面は天地十メートル、左右十五メートル。「背景《バックドロップ》」を吊り下げる装置も完備されてます』

ジェットは、黙ってうなずいた。

『あ。いま、うなずきましたね』

楽しそうな声が聞こえてきた。ジェットは苦笑した。

「おいおい、私のこともモニターしてるのか？」

『いや。いつも「準備完了《オール・セット》！」ってとき、ボスは何も言わずにうなずくだけですから。いまもそうかな、って』

ジェットは何も言わずに、もう一度うなずいた。

『ところで、ボス。ひとつ訊いてもよろしいでしょうか？』

ふと、あらたまった調子でオーサムが尋ねた。

「ああ、いいとも。なんだ？」

『いや……どうしてあの学生を……張英才を引っぱり上げようとしてるのかな、って思って。変わり者ですよ、あいつは。いや、その、めっちゃおもしろいけど……なぜ、あいつだったんですか？』

すぐには答えずに、ジェットは〈アイ〉をもう一度住宅棟の窓にフォーカスした。

Tシャツの後ろ姿。黒、白、赤、ペンキだらけの手で、キーボードを叩いている。彼はいま、オーサムと――いや、謎の人物〈アノニム〉と交信中なのだ。パソコンの画面にフォーカスしてみる。そこには、〈アノニム〉から送られてきたジャクソン・ポロックの「ナンバー・ゼロ」の画像が貼り付けられていた。

ジェットの口もとにふっと笑みが浮かんだ。

「――似てるんだよ」

そう小声でつぶやいた。

ひたむきに絵に向き合う姿。そして、アートで世界を変えられるかもしれない、という熱い思い。

臆病《おくびょう》なくせに、大胆な心。おれはこのままじゃ終わらない、だって天才なんだから！　と思い込む気概。

そう。あの少年は、なんだか似ているのだ。

若かった頃の父に。若かった頃の自分に――。

Friday October 6　6:55PM

九龍半島　環球貿易広場

　宝石箱をひっくり返したようにきらめきを放つヴィクトリア・ハーバーを見渡せる「ザ・リッツ・カールトン香港」のプレミアエグゼクティブスイートで、〈ヘロデ〉はデスクの上に据えられたパソコンのモニターに見入っていた。

　画面には、五分後に始まるサザビーズ香港のメイン・セールの模様がオンラインで映し出されている。オークション会場は、ビッダーと報道関係者と野次馬——招待状持参の正式な野次馬だが——で、猫の子一匹も忍び込めないほど混雑している。オークション初参加のヘロデは、ビッダーは必ず会場に行かなければ落札できないと思っていたのだが、とんでもない、会場に姿を現すビッダーは初心者と素人だけです、と〈仲間《アソシエ》〉のジョナサン・ハブマイヤーに教えられた。

——シリアス・ビッダーは会場には決して姿を見せないものです。シリアスであればあるほど、代理人を立てるものなのです。代理人にはビッダー＝クライアントから予算の上限が示されます。代理人はその予算内でパドルを上げるか、電話でクライアントから直接指示を受けながらビッドするのです。

なるほど、ビッダー本人が会場に姿を現しては、身元がばれてしまうし、何かと面倒だ。そうならないためにも代理人を立てるのが普通なのだということは、うなずける。

今回、サザビーズ香港のメイン・セールでヘロデが率いるチームが狙い澄ましている獲物《ターゲット》は、たったひとつ。ジャクソン・ポロックの幻の作品「ナンバー・ゼロ」である。メイン・セールに登場する作品は二百点近くあるのだが、ヘロデたちのチームの代理人、サザビーズ・ロンドンのスタッフ、ラリー・オースティンには、この作品のみが落札希望対象であり、最後までパドルを上げ続けるように依頼済みである。ラリーにはハブマイヤーが電話で指示を出す。チームのボス〈ゼウス〉が用意できる予算の上限は一億五千万USドル――しかし、そこまでは誰も追いつけまい、とヘロデは予想していた。

確かに、この広い世界のどこにも、〈ゼウス〉と同等かそれ以上の金持ちが存在しないとは言えない。けれど、〈ゼウス〉と同等かそれ以上にクレイジーなコレクターは存在し得まい。

カンヴァスにペンキをぶちまけたような巨大な絵に一億USドルもの金をつぎ込むなんて、どう考えても正気の沙汰《さた》とは思えない。最高級のプライヴェート・ジェットだって五千万ドルくらいなのだから……もっとも、〈ゼウス〉はもちろんプライヴェート・ジェット「ガルフストリーム」もヘリコプターも所有している。搭乗するのは年に一、二度程度らしいが、ヤバい事態になったら即座に高飛びできるように……なのだろう、いつでもスタンバイさせているようだ。

部屋の呼び鈴が鳴り響いた。インターネット電話のスピーカーのボリュームを調整していたハブマイヤーが、急いで飛んでいった。そしてすぐに、細かい水滴がついたワインクーラーに入ったシャンパンのボトルを、ヘロデのもとへ運んできた。

「前祝いです。クリュッグ　クロ・ダンボネ……このホテルのレストランのソムリエが『九五年のダンボネがある』とこっそり教えてくれたので、それを」

もったいつけて言いながら、シャンパングラスをふたつ、テーブルの上に並べた。

「おい、まだ早いぞ。落札できたらそれも経費になるが、できなかったらお前に自腹で払ってもらうからな」

ヘロデはあきれてそう言った。

「なんの。この仕事がうまくいけば、我らチームの報酬は落札価格の五パーセント、つまり五百万USドルですから。じゅうぶん見合いますよ」

涼しげな顔でハブマイヤーが返した。お前の取り分は〇・五パーセントだよ、とヘロデは心の中で思ったが、それでもプライヴェート・ディーラーにとっては大商いには違いない。

ハブマイヤーは、ボトルを開栓しかけたが、

「でもまぁ、やっぱり落札が決まってからコルクオープンしましょうか」

元通りワインクーラーに戻した。

そのとき、ハブマイヤーのスマートフォンの着信音が鳴り始めた。

「おっと、ラリーだ。スピーカーにつなぎます」

ハブマイヤーは、スマートフォンと卓上にセットされたスピーカーを手早くコネクタでつないだ。

『ハロウ、ラリーです。聞こえますか？』

軽やかな声が聞こえてきた。ヘロデとハブマイヤーは、パソコンの画面を覗き込んだ。会場の左手にテレフォンビッドのひな壇が設けてあり、そこに代理人たちが陣取っている。スマートフォンではなく、クラシックな受話器付きの有線の電話がカウンターにずらりと並んでいる。ずっと昔にテレビで見たテレフォンショッピングの電話オペレーターみたいだな、とヘロデは思った。

この中の誰が自分たちの代理人、ラリー・オースティンなのかわからない。ラリーはサザビーズのスタッフなので、複数のクライアントの要請を受けて、さまざまな作品をビッドすることになっているらしい。ただし、一作品につきひとりのクライアントのためにパドルを上げる。「ナンバー・ゼロ」はもちろん、ハブマイヤーのために……つまり、ヘロデチームのためだけにビッドする契約だ。

「ええ、聞こえます、ラリー。いよいよですね」

ハブマイヤーが答えた。『ええ、そうですね』とラリーが返した。

『このコールは、電話が正常にコネクトするか、テストコールです。すべて予定通りですが、状況に応じて臨機応変にいきます。その都度確認しますので、お願いします』慎重に言葉を選んでいるのがわかった。テレフォンビッドの代理人は、特定できる作品名やクライアント名、予算の金額などはいっさい口にしない。周囲に聞こえてはまずいからだ。

「オーケー、了解しました。では、幸運《グッド・ラック》を」

『グッド・ラック』

ごく短い会話を交わして、通話は終了した。

「さて、やっぱりシャンパンを開けますか……どうものどが渇いてしょうがない」

そうつぶやいて、ハブマイヤーが落ち着きなく席を立った。「まだ早いぞ」ともう一度、ヘロデが言った。

パソコンの画面の端にある時刻を見た。十八時五十九分。――シャンパンを開けるのは、せめてあと一分待ってからにしてもらおうじゃないか。

Friday October 6　7:00PM

香港島　香港会議展覧中心

午後七時きっかりに、オークション会場の奥の控え室から、サザビーズ・ニューヨーク所属の花形オークショニア、パトリック・ダンドラン——通称〈ネゴ〉——が現れた。オークションの開始をいまかいまかと待ちわびていた観衆は、拍手で彼を迎えた。同時に、目がくらむほどのフラッシュがいっせいに放たれた。

ネゴは右手を軽く挙げて、会場の喝采に応《こた》えた。やれやれ、とんだ騒ぎだな、と心の中でつぶやく。

——オークションってのは、静かに始めて徐々に盛り上げていくものなんだぞ。初めっからこんなふうじゃ、むしろ盛り上がるものも盛り上がらなくなっちまうじゃないか。ったく、困ったもんだね。

「わずか三十秒で作品の価格を一千万ドルつり上げる男」として、ネゴは地元メディアにさかんに取り上げられていた。メイン・セールのまえに、地元のテレビ局やBBCインターナショナルのインタビューも受けた。

ちょっとやりすぎなんじゃないのか、と横やりを入れてきたのは〈エポック〉である。〈仲間《メンバー》〉として忠告するけど、あんまり顔をメディアにさらけ出すのはどうかと思うぜ、と。

一方で、まあいいんじゃないですか、とネゴをフォローしたのは意外にも〈オブリージュ〉だった。どのみちネゴはとっくに有名人なんだし、オークションを都合よく運ぶためにも、「勢いのある有名オークショニア」なんだという認識を万人に持ってもらったほうがいいじゃないですか。人っていうのは、そういう風評にだまされるものなんだし。

「風評」だとか「だます」だとか、あまり歓迎できない表現ではあったが、実際、オブリージュの言っていることには一理あった。

オークショニアは「絶対に落としたい」とビッダーに思い込ませる場の空気を作り出さなければならない。そのためには「このオークショニアにならオークションの行方をゆだねてもいい」という安心感と、「もっと値段の高いものを落としたい」という高揚感を与えることが大切だ。名声《フェイム》はオークショニアを華々しく見せ、ビッダーに信頼感を持たせるのに役に立つ。自分は何も目立ちたくてメディアに出るわけじゃない。すべては仕事のため、使命《ミッション》のためなのだ。

白地のパネルに黒い文字で「SOTHEBY'S」と大きなロゴが浮かび上がる背景《バックドロップ》。

その前に据えられたポディウムへとネゴは歩んでいった。

会場は、見渡す限りの人、人、人。ポディウムから向かって手前には、白いカバークロスが被せられたビッダー席がずらりと並んでいる。この席は招待状を持っているゲストのみが座ることを許されている。つまり、ビッドする気がないひやかしの客でも招待状さえ持っていればこの席に鎮座できる。どのオークションでも、だいたいビッダー席の半分くらいはひやかしの客、というのが通常である。指定席ではないので、どこに座ってもかまわない。オークションにビッドする姿をマスコミにさらして自分も富裕層の一員なのだとひけらかす御仁もいる。逆に、絶対にこの席に座るのはまずい人物もいる。富裕層であることを人前にさらせば、寄付の依頼や投資の話や高額商品の売り込みや国税局などに追いかけられてしまうリスクが生じるからだ。

ビッダー席のほとんどは黒髪のアジア人で埋め尽くされていた。が、最前列と最後列に、栗色の巻き毛とブロンドの髪をした見目麗しき男女が、それぞれに座っているのがネゴの視界に飛び込んできた。

最前列に座ってこちらを見上げているのは、ヤミー。そして最後列からネゴに向かって視線を送っているのは〈オブリージュ〉である。

――やっと登壇しましたね。今日もまた、あなたの華麗なるハンマーさばきを見守らせていただきますよ。

オブリージュの青い瞳がそう語っている。望むところさ、とネゴは心の中で答える。

ヤミーのほうは、やたら「その気」のありそうな視線を感じる。狙った獲物を確実に落とす女豹《めひょう》のまなざしだ。〈メンバー〉同士でなかったら、自分も彼女にとっくに落とされていたかもしれないな、とちらりと思う。

とにかく、この場における自分のミッションは——ただひとつ。

幻の傑作、ジャクソン・ポロック作「ナンバー・ゼロ」を、オークション史上最高価格で落札させる。

公式な予想落札価格《エスティメイト》は五千万USドル～八千万USドルとされている。最低落札価格《アンダーエスティメイト》というのも決まっている。競り上げた金額がそれに到達しない場合、セールは不成立となる。「不成立」は依頼主にとってもオークション会社にとってもプライドが許さないことなので、そうならないように、事前にシリアス・ビッダーがいるかどうか調査することも、慎重にかつ盛り上げながら競りを進めることも、オークショニアの手腕にかかっている。

通常、オークションでは、エスティメイトよりかなり低い金額で競りをスタートする。ゆえに、初めは多くのパドルが上がる。この時点で、「こんな金額で落札がかなうはずがない」とわかっていながら、ひやかしでパドルを上げるビッダーもいる。しかし、本気で獲りにきているビッダーは、低い金額では決してパドルを上げない。だんだん競り上がってきて、エスティメイトに到達したときに、ようやくパドルを上げる。この時点で、シリアス・ビッダーが数名に絞り込まれる。

エスティメイトに達したあとの競りは、シリアス・ビッダーたちの本気の闘いとなる。競りは一万USドル刻みで上がるが、作品によっては十万USドル刻み、超弩級《どきゅう》の大物は百万USドル刻みでプライスが上がっていく。プライスが上がっていくにつれ、ひとり、またひとりとビッダーが降りていく。それぞれ落札するための上限予算を超えたところであきらめて降りていくのだ。

最後の最後には、ビッダー二者の一騎打ちになる。相手が降りるか、こっちがギブアップするか。なんとしてもこの作品を我がものにしたい。絶対にあきらめてなるものか、と激しく火花が散る瞬間である。

この「最後の数分間《ラストミニッツ》」を操るのが、オークショニアである。もっといける、まだいける、いけそうだ、とビッダーに思い込ませ、巧みに煽る。ほんとうに最後の一瞬まで、競争相手よりもたとえ一千USドルでも多く積めばこの作品をものにできるのだ、とけしかけてゆく。まだいける、いける、いける……と踏ん張り続け、一方がついに降り、一方が最後までパドルを上げ続ける。そこでハンマーが振り下ろされ、セール成立となる。

その瞬間のなんともいえぬ高揚感。アドレナリンが体じゅうを駆け巡り、しびれるような陶酔感を覚える。落札者ももちろんそのはずだが、オークショニアはあの瞬間のためにこそ生きている――とネゴは思う。

そう、何ものにも代え難い、あの恍惚《こうこつ》のとき。

しかし、自分は知ってしまった。あの至福の一瞬よりも、もっと快楽を覚える一瞬があることを。

それは――〈アノニム〉の使命完了《ミッション・コンプリート》の瞬間なのだ。

ところが、どうだ、今回のミッションは――なんと、ハンマーを振り下ろすことが〈アノニム〉メンバーとしての自分のミッションなのである。つまり、最高の好物をふたつ一緒に体感できる、ってことだ。

――考えましたね、ボス。おみそれしましたよ。……この設定《セッティング》なら、私がどれほど喜んで業務《アクト》に当たるか、あなたはとっくにお見通しだ。

ネゴは、ホテルのスイートルームでネット中継を観覧中のはずの〈ジェット〉に向かって心の中で語りかけた。まったく、これほどまでに堂々と目立ちつつ業務に当たれるなんて、これ以上の演出はないというものだ。

そして今回、このオークションにおける業務の実行担当《プレイヤー》として、オブリージュとヤミーが参加している。このふたりは、いままでも実際にオークションで作品を落札してきた実績を持っているし、アート業界でもけっこう知られた存在だ。オブリージュはフランス貴族出身のファッションブランドオーナー兼コレクターとして、ヤミーはイタリア出身のセクシーなやり手ギャラリストとして。ポロック狙いの「大商い《ビッグ・ディール》」に参加したとしても、まったく不自然ではない。

役者は揃っている。……あとは、呼吸を合わせて競り上げていくだけ。

そう、あの連中……チーム「X」に、最高落札価格でポロックを落とさせる。

あとは見てのお楽しみだ。

「レディス・アンド・ジェントルメン。サザビーズ香港のメイン・セールへようこそ」

静まり返った会場に向かって、ネゴは高らかに声を放った。

オブリージュが、口元に不敵な笑みを浮かべた。最前列のヤミーが、ブロンドの長い髪をふっと掻《か》き上げるのが見えた。ネゴは小さく深呼吸して、彼のアクトを開始した。

「それでは、まず初めの作品から。ロット・ナンバー1、ジャン＝ミシェル・バスキアの作品です――」

ついにメイン・セールの幕が上がった。ショーの始まりである。ただし、ふつうのショーではない。オークション史に残る――そしていずれは美術事件史に残るであろう最高のショーになるはずだ。

Friday October 6 7:20PM

香港島 湾仔

頭にはめっぱなしのヘッドフォンのイヤーパッドの中で、着信のチャイムが大音量で響いた。

机に頬杖をついて、一瞬、うつらうつらしていた張英才は、びくっと体を震わせた。メガネを外し、手の甲で寝ぼけまなこをごしごしこする。目の前のラップトップパソコンの画面上にあるチャットボックスに「**メッセージ着信：anonyme**」と出ているのが見えた。

——きたッ。

即座にクリックすると、音読ソフト「リリカ」がメッセージを読み上げる。

よお張英才。いねむりしてる場合じゃねーぞ。

「——って見えてんのかよ?!」

思わず画面に向かって大声を出してしまった。急いでキーボードを叩く。キーを叩くたびに、「リリカ」が耳もとでそれを読み上げる。音声で確認しながら文章を書かなければならないのが、難読症《ディスレクシア》のつらいところだ。

いねむりしてるのはそっちじゃね？　おれはきのうから完徹で二十世紀アメリカ現代美術についてがっつり勉強したし。

「送信」のアイコンにカーソルを合わせ、カチッとクリックする。と、三秒とおかずに返信が飛んでくる。

おお、そりゃあたのもしい。じゃあ、質問するから即レスしてくれるか？　いくぞ。

Q1．第二次世界大戦後、芸術の中心はパリからニューヨークに移った。それはなぜか？

A．戦前、芸術の中心はフランス、パリにあった。パリでは美術市場が確立されており、そのため、多くの芸術家はパリを目指し、パリに定着して活動した。しかし、戦後、アメリカが世界最大の資本主義国となり、世界経済の中心はアメリカに移った。それに伴って美術市場がニューヨークで活性化し、新たなアーティストが登場する機会が広がった。
また、大戦中にヨーロッパからバウハウスやシュルレアリスム、抽象絵画のアーティストが数多くアメリカに亡命したことにより、ヨーロッパで盛り上がっていた最先端の芸術思想と表現が直接移植されたことも大きい。それまで、アメリカの芸術家や知識層やコレクターは、パリへ行って学んだり作品を購入したりして、ヨーロッパ芸術の思想や表現を一方的に輸入していた。戦後、政治・経済・文化の世界地図が大きく塗り替えられ、アメリカがその中心となることによって、もはやヨーロッパの文化に依存することなく、独自の先鋭的な文化を形成していくようになる。

おっ、カンペキじゃないか。グッジョブ！　続けていくぞ。

Q2．戦後、ニューヨークで新しく生まれたアートの潮流「抽象表現主義」とは、どんなものだったか？

A．抽象画も表現主義も、戦前にシュルレアリスムやバウハウス、ドイツ表現主義などのアーティストによって始められ、発達したものだったが、一九四〇年代に、新しい表現手法を模索するアメリカ人アーティストたちによって生み出された美術の動向のひとつとして、抽象表現主義という呼称が使われるようになった。代表的な画家としては、ウィレム・デ・クーニング、マーク・ロスコ、バーネット・ニューマン、そしてジャクソン・ポロックなどが挙げられる。作品の特徴としては、サイズの大型化、画面に中心がない均一な画面「オールオーヴァー」、画家の創作の軌跡を残す「アクション・ペインティング」など。ヨーロッパに代わってアメリカが世界に影響を及ぼした初めての美術運動となった。

ふうむ、やるねえ。君、なかなかセンスあるな。じゃあ、次。

Q3．抽象表現主義の絵画は、なぜ大型化したのか？

A．ひとつには、一九二〇年代から三〇年代にかけてメキシコで起こった壁画運動がある。ディエゴ・リベラ、ホセ・クレメンテ・オロスコ、ダヴィッド・アルファロ・シケイロスらが、メキシコ革命が起こった頃、公共建築の壁に巨大な作品を描いて、自国のアイデンティティを発揚したのが壁画運動である。アメリカでは三〇年代から四〇年代にかけて、新進の画家に公共の場のための作品制作を委嘱する「連邦美術計画」が行われ、このためにメキシコの壁画アーティストたちが招聘《しょうへい》された。シケイロスの壁画制作にはポロックが助手として参加している。ロスコやデ・クーニングも、公共建築の大きな壁のために作品を制作することを、このプログラムによって体験した。

また、ヨーロッパの美術市場ではブルジョワのアパートの室内を飾るための小型作品が主流だったが、戦後のアメリカでは、巨大な倉庫を利用して大型の作品が制作され、それが公共建築やホテルや企業のロビー、富裕層の大邸宅、そして美術館に収められていった。広い国土と住環境があるアメリカでは、ダウンサイジングすることを考えずに、アーティストはのびのびと大型の作品を制作するようになった。

ほほお、こいつはすごい。しっかり理解したみたいだな。それでは最後に、もうひとつ。

Ｑ４．ジャクソン・ポロックとは、いかなるアーティストだったか？

そこまですらすらと解答を書き込んできた英才は、ふと、キーを叩く手を止めた。

謎の発信者〈アノニム〉から初めてコンタクトがあったのは、二日まえのことだ。

全身で「描くこと」を表現する。自分のぜんぶを思いっきりぶつけて、紙にペンキをぶちまけてやる。描く行為そのものをかたちにしてみせる。おれは、そんな絵の手法を思いついて、有頂天になっていた。

ところが、おれの発明だと思っていた「アクション・ペインティング」を、とっくの昔にやってのけたアーティストがいた。それが、ジャクソン・ポロックだったんだ。〈アノニム〉は、おれが「アクション・ペインティング」で絵を描いていることを、なぜだか知っていた。だけど、あざ笑ったりはしなかった。あざ笑う代わりに、こいつが言ってきたこと。

――アートで世界を変えてみないか？

そして〈アノニム〉が送りつけてきたポロックの画像。

画面を覆い尽くしてほとばしる絵の具は、まるで生き物のようだ。じっとみつめていると動き出しそうな気がしてくる。ラップトップで画像を見ているだけでも、そんなふうに感じるのだ。本物はきっとものすごいインパクトに違いない。

新しい表現、自分だけの表現をみつけようと挑戦したポロック。巨大な白いカンヴァスを床いちめんに広げて、その上を縦横無尽に動き回った。ツバメが舞い飛ぶように、空を駆け抜けていく雲のように。絵筆から滴る絵の具は、大地に轟《とどろ》く雷、叩きつける激しい雨になって、カンヴァスという名の世界を覆い尽くした。

この絵に描かれているのは、画家自身の命だ。目に見えないはずの魂が、吹き荒れる嵐になって、カンヴァスいっぱいに立ち上っているのだ。

ポロックは、ピカソを尊敬していたという。尊敬していたからこそ越えたいと願っていた、と。新しいことをやろうと思って試してみると、すべてピカソがやってしまっていた。どうやったら越えられるのか。越えることができるのか。ポロックは深く悩み、苦しみ続けた。

そうして、ようやくみつけた手法。その作品に、ポロックは番号をつけた。「ナンバー・ワン」。記念すべき「アクション・ペインティング」第一作は、ワシントン・ナショナル・ギャラリーのコレクションに収められている――ということは、あとから調べてみてわかったわけだが。

ポロックについて詳細を調べるまえに、つまり、ポロックとは何者か、抽象表現主義とはなんなのか、アメリカ現代アートがどうのこうの、という知識を得るまえに、すでに英才は〈アノニム〉にすっかりのせられてしまっていた。

「ナンバー・ゼロ」――〈アノニム〉が送りつけてきた、ポロックの作品の画像のタイトルだ。その画像をみつめるうちに、どこからともなく聞こえてきたポロックの心の叫び――。

さらに〈アノニム〉が送ってきたあのメッセージ。

君の家のドアの外に、丸めたカンヴァスと絵の具一式が置いてある。
それを使って、「ナンバー・ゼロ」を描いてみてほしい。

そのあとに起こった出来事は、はたして夢だったのか現実だったのか、判然としない。

確かに、自宅のドアの前には丸められたカンヴァスとペンキと絵筆が置いてあった。

正直、戸惑った。めちゃくちゃ胸がどきどきした。

けれど、戸惑いはほんの一瞬で霧散した。まるで「ポロック」が乗り移ったかのように、英才は挑んだ。自分自身の「ナンバー・ゼロ」に。

――夢じゃなかったんだ。

あの瞬間、ほんの一瞬だけ、おれは「ポロック」になった。

英才は、そう思った。握りしめた絵筆と、それがカンヴァスの上で激しく躍り狂う感触。いままでに経験したことのない充実感があった。

伝説のアーティストが、突然、身近に感じられるようになった。ずっとポロックに肩を抱かれているような、背中を押されているような気持ちが続いていた。

そんなこともあって、英才は、ジャクソン・ポロックや抽象表現主義について、そもそもなぜ新しい美術運動がアメリカで起こったのかについて、猛然と調べ始めた。ポロックと戦後アメリカ美術に関する知識がどんどん入ってきた。まさしく「真綿が水を吸うように」という感じだ。

ポロックについて調べるうちに、英才は、はたと思い至った。

――そもそも「ナンバー・ゼロ」ってのは、なんなんだ?

そこで初めてネットで検索してみた。そして驚いた。なんと、まもなく香港で開催されるオークションにこの作品がかけられる、という事実を知ったのだ。マジか?! と英才は、思わず前のめりになった。

オークション会社の説明によれば、正真正銘、ポロックの真筆による――サラ・グッドマンとかいう世界最高峰のイギリス人オバちゃん鑑定士のお墨付きだそうだ――新発見の作品で、顔料分析や手法から、「ナンバー・ワン」とほぼ同時期に描かれた可能性が高い。ひょっとすると、「ナンバー・ワン」よりも先に描かれたかもしれない。そうだ、そうだよ、きっと。だってタイトルに「ゼロ」って付いているんだから。

となると、記念すべき「アクション・ペインティング」の第一作は、この作品かもしれないじゃないか。

その作品が、いま、ここ香港にある。自分が生まれ育ったこの街で、自分がしょうもないペンキ絵を描いているこの部屋から、そう離れてはいない場所——香港会議展覧中心《ホンコン・コンベンション・アンド・エキシビション・センター》に来ているのだ！

英才は大興奮した。それから、なんとかしてこの作品をひと目でいい、見ることはできないだろうか、と必死に考えを巡らせた。

オークション会社のウェブサイトを隅から隅まで見まくり、ついきのうまで「プレビュー」というのをやっていて、オークション会場に展示されていたことを知った。それは、いまからほんの三十分まえのことだ。——で、つい十分まえ。またもや〈アノニム〉からコンタクトがあった。そして突然、Ｑ＆Ａが始まったのだ。

Ｑ４．ジャクソン・ポロックとは、いかなるアーティストだったか？

その一文を、英才は、キーを叩く指を止め、目を凝らしてみつめた。じっと、みつめ続けた。

チャットボックスの真ん中あたりで、カーソルが点滅している。その点滅のリズムに合わせるようにして、英才は、小声でつぶやいた。

「無論是傑克遜・波洛克《ジャクソン・ポロックとは》，是什麼樣的畫家《いかなるアーティストだったか》……」

と、数秒後。ポロン、と着信音が鳴り響いて、〈アノニム〉から新しいメッセージが飛び込んできた。

あれ？　読めてんの？

「――ええっ?!」

英才は、大声で叫んだ。五秒遅れて、ヘッドフォンのイヤーパッドの中で、リリカが「あれ？　読めてんの？」と囁いた。英才はヘッドフォンを頭からむしり取ると、かじりつくようにしてチャットボックスをのぞき込んだ。大急ぎでスクロールし、そこまでの会話を「読み直して」みる。

よお張英才。いねむりしてる場合じゃねーぞ。いねむりしてるのはそっちじゃね？　おれはきのうから完徹で二十世紀アメリカ現代美術についてがっつり勉強したし。おお、そりゃあたのもしい。じゃあ、質問するから即レスしてくれるか？　いくぞ。Q1．第二次世界大戦後、芸術の中心はパリからニューヨークに移った。それはなぜか？　A．戦前、芸術の中心はフランス、パリにあった。――

うわあっ、と英才は叫んだ。

腹の底から声が沸き上がった。驚きで爪先から震えがきた。感動が駆け上ってきた。

「ちょっ、まっ、マジか?! マジかおれ?! 読めてるよ、読めてる! ええ?! このチャット、全部わかるよ! うっわ、すっげ、マジでー?!」

いったいどういう奇跡が起こったのだろうか。子供の頃から難読症《ディスレクシア》に悩まされてきた英才が、突然、文字を読めるようになったのだ。

いや、それが「読める」ということなのかどうなのか、英才にはわからなかった。けれどメッセージの一文字、一文字——〈アノニム〉からのメッセージは英語だったが、翻訳ソフトによって即座に中国語に変換された——が、びっくりするほどクリアに目に飛び込んできた。そしてそれはちゃんと「意味」を成していた。そのまま理解することができたのだ。

英才は立ち上がると、部屋の中を飛び回って、片っぱしから文字が書いてあるものを手に取った。教科書、アート雑誌、フライヤー、スーパーのちらし、食べかけのポテトチップスの袋——。

「読める! 読める! 文字が読める! ちゃんとわかる! わかってるよおれ!」

英才は、狭い部屋の中、ひとりで舞い踊った。長いこと目の前で閉められていたドアが突然開いた、そんな感じだった。

と、そのとき。

ポロン、と着信音が鳴った。はっとして、英才はパソコンのほうを振り向いた。

〈アノニム〉からの新しいメッセージだ。急いで机に戻り、メッセージを「読んで」みた。


踊っちゃうほどうれしいわけだな。そりゃあそうだろうね、初めて「読めた」んだから。

ちょうどいい。気持ちは察するよ。明日の「決起集会」に間に合ったわけだ。これから送る原稿を「リリカ」に読み上げてもらわなくても、君が自分で読めるなら、そのほうが何倍も効果があるだろう。


英才は、ごくりとつばを飲み込んだ。

——見えてる？

そうだ、こいつには、おれの動きが全部見えてるんだ。……そういえば、さっきも、あれ？　読めてんの？ってメッセージ、送ってきたじゃないか。おれがチャットの会話を読んで、それを声に出してつぶやいたのを……聞いてた、ってことじゃないか？

ふと、背中に視線を感じて、英才は振り向いた。

開け放たれた窓。生ぬるい夜風が、薄汚れたカーテンを揺らしている。窓の向こうには、ばかでかいホテルが突っ立っている。磨き込まれた窓にはきらびやかな都会の夜景が映り込んでいて、人影は見えない。

ポロン、と着信音。英才は、もう一度、はっとした。

読めるようになったんだったら、おれがいままでに送ったメッセージ、ちゃんと
読み返してみろよ。

そして、初めてコンタクトしてきたときのメッセージが貼り付けられていた。英才は、あらためてそのメッセージを「読んで」みた。

君の家のドアの外に、丸めたカンヴァスと絵の具一式が置いてある。
それを使って、「ナンバー・ゼロ」を描いてみてほしい。
そして、もし君がこのリクエストに応えてくれたなら――「ナンバー・ゼロ」を
君のもとに届けよう。

本物のポロック、見てみたくないか？

「『君のもとに届けよう』……？」

英才は小声でつぶやいた。まったく意味がわからなかった。

――やっぱり、おれ……読めてないのかな？

また着信音。あわててチャットボックスを見る。今度のメッセージには何かが添付されていた。

英才は、目を凝らして、一語一語、メッセージを読んだ。繰り返し読んだ。読めば読むほど謎が深まる言葉の羅列を。

いいか、張英才。君がほんとうに世界を変えたいのなら――添付の原稿を読んで暗記しろ。

そして、明日の決起集会で、聴衆に向かって君の言葉で話すんだ。

そのときにこそ、約束を果たそう。――「ナンバー・ゼロ」を君のもとに届けるという約束を。

Friday October 6　7:35PM

香港島　湾仔　Expect Hotels & Resorts

メガネ型ウェアラブル端末〈アイ〉を装着したままで、〈ジェット〉は、ヴィクトリア・ハーバーの向かい側でさかんにきらめきを放っている九龍半島の摩天楼を眺めていた。

　ジャケットのポケットの中から小型コントローラを取り出し、指先で操作する。

「フォーカス、ザ・リッツ・カールトン香港」とつぶやくと、たちまち超高性能の望遠鏡のフォーカスが対岸の高層ビルのひとつにぴたりと合う。確か、「敵」は百十六階の西南のコーナーにあるプレミアエグゼクティブスイートにチェックインしていると、〈ネゴ〉から報告が入っていた。あの男のことだ、もうすでに天下を獲った気分で、いまごろシャンパンの一本でも開けて「そのとき」を待ち構えていることだろう。〈アイ〉に搭載されているのはＮＡＳＡで使用されているとかいう望遠レンズだ。どうやって交渉したのか、細かい報告は受けていないが、ＮＡＳＡの技術者から極秘で入手したデータをもとに、〈オーサム〉がこの装置《デヴァイス》を開発した。それどころか彼は、ウェアラブルスマートフォン〈ハッチ〉も、超小型オーディオ〈カプセル〉も、そのほかチームで使っているありとあらゆるオリジナルデヴァイスのすべてを開発したのだから、まったくたいした天才である。それらを商品化すれば、またたくまに世界で五本の指に入る大富豪になるだろうに、あの若者ときたら、そんなことにはちっとも興味がない。おれは金儲《かねもう》けよりもスリルを味わうことのほうが百倍楽しいんで、と軽やかに笑って、ハーシーズのチョコレート・バーをかじりながら夜も昼もなくパソコンに向き合っている。そんな〈仲間《メンバー》〉を得られた幸運を思い出すたびに、自分たちチームは恵まれている、と誰にともなく感謝せずにはいられない。

フォーカスした窓の向こうで、いかにも落ち着きなく、うろうろと歩き回る大柄な男の姿が見えた。

「なんだあいつ、余裕綽々《しゃくしゃく》というわけでもなさそうだな」

思わず独り言をつぶやくと、すかさず『誰がですか？』と耳に装着した〈カプセル〉からオーサムの声が響いてきた。

「いや、いまちょっと敵陣視察したんだ。自慢の望遠鏡でね」

ジェットが答えると、オーサムがくすくす笑った。

『やだねボス、またノゾキですか』

「のぞいてみたくなるデヴァイスを開発したのは君だろう」

ジェットは悔し紛れに言い訳をした。『その通りです、すんません』とオーサムが笑った。

『どうです。敵さん、落ち着きない感じですか』

「ああ、いかにも。『生贄《サクリファイス》』登場まであと三十分ほどだからな……万一、落札できなかったら、今日がやつの人生最後の日になるかもしれん。いても立ってもいられないんだろう。察して余りあるよ」

『おお、おだやかじゃないっすね。まあ、あっちのボスが、計画通りに「サクリフィス」を手に入れられなかったら、平気で手下の連中をなきものにすることは、ほんとうらしいですけど……』

ジェットは〈アイ〉の中でうろうろする大男をしばしみつめた。そして、大丈夫だ、心配するな、「ナンバー・ゼロ」はお前たちチームに持っていかせてやるから、と胸の中で語りかけた。

「……蔣《ジャン》？　ねえ、蔣、ちょっと来てちょうだい」

隣室から声がした。現時点での「ナンバー・ゼロ」の所有者である、ロレンダ・ボシュロムがジェットを呼んでいる。

「ロレンダが呼んでいる。もう行かなければ。……あとは頼んだぞ、オーサム」

ジェットが小声で言うと、『了解しました《ラジャー》』と軽快に応えが返ってきた。

『予定通り、張英才に明日のスピーチのテキスト、送りつけときました。それから……』

と一拍おいてから、オーサムは意外なことを言った。

『あいつ、難読症《ディスレクシア》だったはずなのに、急に文字が読解できるようになったみたいですよ』

「え……ほんとうか？」

通話を切りかけたジェットは、驚いて訊《き》き返した。

「いつからそうなったんだ？」

『ついさっきです。ボスが〈アイ〉で中継してた動画を、こっちでもリアルタイムで見てたでしょ。あいつ、なんだかめっちゃ喜んで、部屋じゅう飛び跳ねてたじゃないですか？』

ジェットは、ついさきほど、ホテルの向かい側に建っている古ぼけた高層アパートの一室の様子を〈アイ〉で眺めていた。その光景は、そのままオーサムのパソコンでも視聴されていた。

「ああ、確かに。君が送った決起集会用のスピーチ原稿を音声ソフトで読み上げてもらって、興奮しているのかと思ったが……」

『それが、原稿送る直前のことなんです。あいつ、〈アノニム〉からのメッセージを、音声ソフトが読み上げるまえに自分で読んだんですよ。百パーセント理解してました。あいつのバックグラウンドについては詳しく調べてありますが、「難読症《ディスレクシア》」は子供の頃からで、それが当たり前の世界を生きてきたようですね。けど、ほんとにいまさっき、あいつの知覚、全開しましたね。それで突然、世界がグワッ！　と変わった……』

　ふうむ、とジェットは低くうなった。

「まさか、オーサム……君、医療装置まで開発して、彼の症状改善を手助けしたのか？」

『ってどんな天才なんすか、おれ？』

　オーサムが苦笑して答えた。

『さすがにメディカルデヴァイスは専門外ですけど……なんでしょうね、最高のドクターがあいつのもとに来てくれたからじゃないですか』

「最高のドクター？」

『ええ、そうです。――ジャクソン・ポロックって名前の』

　そう答えて、オーサムは、さも愉快そうに笑い声をたてた。

Friday October 6　7:50PM

九龍半島　環球貿易広場

大きな窓いっぱいにきらめくヴィクトリア・ハーバーの輝きを背景にして、〈ヘロデ〉は落ち着きなくザ・リッツ・カールトン香港のプレミアエグゼクティブスイートの室内を行ったり来たりしていた。

ちらりと腕時計を見る。サザビーズ香港のオークション開始から五十分が経過していた。

隣室では、〈仲間《アソシエ》〉であるプライヴェート・ディーラー、ジョナサン・ハブマイヤーが、オンラインで中継されているオークションの模様をパソコンにかじりついて視聴している。テーブルの上に置かれたワインクーラーの中には、九五年のダンボネが開栓されずに沈められていた。

前祝いだとかなんとか言って高級シャンパンをオーダーしたくせに、自分で払えよ、とヘロデに言われたとたん、やっぱり落札が決まってからコルクオープンしましょうか、と及び腰になっていた。ヘロデはこの男が些《さ》細《さい》なことでは妙に虚勢を張り、大きく構えなくちゃならない場面になると決まっておろおろするところが、以前から気になっていた。なんでこんなやつを一味に加えているのか、まったく我がボス——全知全能の神〈ゼウス〉——の頭の中はどうなっているのやら。

「おお、すごい！　なんてことだ、驚きだな、これは」

思わせぶりな独り言が聞こえてきた。ヘロデは、ピクリと眉《まゆ》を動かした。もう一度腕時計を見る。——午後八時まで、あと五分だ。

「何が落札されたんだ？」

ごくさりげない様子を作って、ヘロデは隣室に入っていった。ハブマイヤーは、前のめりになってパソコンの画面をみつめている。画面には、満場の拍手で盛り上がるオークション会場が映し出されていた。

「アンディ・ウォーホルの代表作のひとつ、『キャンベルのスープ缶』が落札されました。なんと九千万USドルで……」

「なんだって、九千万ドル？」

ヘロデの表情が変わった。テーブルの上に広げられたオークションカタログのウォーホル作品を一瞥《いちべつ》してから、彼もまた前のめりにパソコンの画面をのぞき込んだ。

「あり得ないな。スーパーで買えば一個一ドルかそこらのスープ缶だろ？　それが描いてあるだけの絵が九千万ドルとは……」

画面では、オークショニアが軽く片手を挙げて拍手に応えている。ヘロデは、コレクターを口説いて秘蔵の品をオークションに出品させるのがいかにもうまそうなその男を凝視した。

「こいつか？　出品作のプライスを三十秒で一千万ドル上げるとかいうオークショニアは」

ヘロデの問いに、「いかにも」とハブマイヤーが答えた。

「サザビーズ・ニューヨーク所属の花形オークショニア、パトリック・ダンドランです。かなり値段をつり上げますよ、この男は。『キャンベルのスープ缶』だって、予想落札価格《エスティメイト》は三千万ドルだったのを、あれよあれよというまにつり上げて……」

そのとき、テーブルの上のスピーカーとコネクトしてあるスマートフォンが鳴り出した。

ヘロデとハブマイヤーは、同時にびくっとした。ハブマイヤーが、すぐにスピーカーをオンにし、「もしもし」と応答した。

『ラリーです。まもなく、ロット・ナンバー四十五「ナンバー・ゼロ」の競りが始まります。準備はよろしいですか』

サザビーズ・ロンドンのセールス担当、ラリー・オースティンだった。彼はハブマイヤーからテレフォンビッドの依頼を受けて、会場に詰めている。ハブマイヤーからの指示を電話で受けながら、ポロック一点狙いで競りに参加する予定になっていた。

画面ではロット・ナンバー四十四、イヴ・クラインの平面作品の競りが始まっていた。パトリック・ダンドランは仕事が速く、終《しま》い方も手際がいいと聞いている。またたくまにプライスをつり上げ、さっさとおしまいにするのだろう。ということは、いよいよ「サクリフィス」の登場まで、ものの五分というところか。

「準備はいいですか？」

ハブマイヤーが、ヘロデの横顔に向かって念を押すように訊いた。

「当たり前じゃないか。とっくに準備万端だ」

ヘロデは威勢よく答えた。が、額にはじっとりと嫌な汗がにじんでいた。

ホテルの車回しに、すでに黒塗りのバンが待機している。そこにヘロデのスーツケースが運び込まれている。「ナンバー・ゼロ」を落札したら、とにかくヘロデはすぐに空港に向かう。オークション会社が手配した美術品輸送車が、ただちにオークション会場から「ナンバー・ゼロ」を税関に持ち込む。パリ行きの最終便に搭載するために、通関の段取りもすでにしてある。うまくいけば約四時間後には、自分は「サクリフィス」とともに空の上……のはずだ。

考えてみると、落札後にシャンパンで乾杯している暇はない。せっかくのダンボネを口にできないのは惜しい。が、仕方がない、ファーストクラスで出されるパルマのシャルドネで我慢するか……。

ファーストクラスのシートにゆったりと身を預け、シャンパングラスを優雅に傾ける自分の姿が、陳腐なCMの映像のように脳裡《のうり》に浮かんだ。

そして、万が一……ほんとうに万万が一、落札できなかったら。

パリ行きのフライトには乗らずに、そのまま車で一気に逃げるほかはない。〈ゼウス〉の追っ手に追いつかれるまえに。

逃げる？　いったいどこへ？　わからない。マカオか、中国本土か、はたまた北朝鮮か……いや、高級シャンパンが飲めないようなところへ逃げ込むのだけは御免こうむりたい。

わっと歓声が沸き上がった。画面には、イヴ・クラインの作品が記録的価格《レコード・プライス》で落札された模様が映し出されていた。やはり片手を軽く挙げて、パトリック・ダンドランが歓声に応えている。涼しげな笑顔が、なんとも気に食わない。

こいつにおれの運命が握られているのか――。

会場の前方に設置されているスクリーンが、ぱっと切り替わった。そこに映し出されたのは、情熱が絵の具にかたちを変えてカンヴァスの上にほとばしる、あの作品。

ロット・ナンバー四十五――ジャクソン・ポロック「ナンバー・ゼロ」。

Friday October 6　8:00PM

香港島　香港会議展覧中心

ジャクソン・ポロック「ナンバー・ゼロ」は、午後八時きっかりにオークションテーブルに載せられた。

とはいえ、縦三メートル、横四メートルもある巨大な作品である。実際にはテーブルの上に載せることはできない。作品の画像が、会場前方の大型スクリーンに映し出されたのだ。

オリジナルの作品はすでに輸送箱《クレート》に入れられ、完璧《かんぺき》なセキュリティ・システムが張り巡らされた収蔵場所に置かれている。落札後、すぐに美術品輸送車に載せられて空港へ運ばれ、即時通関して、パリ行きの最終便に搭載される予定だ。

すべて段取りよく整っている。――あとは「やつら」にレコード・プライスで落札させるまでだ。

（来たわ）

最前列に陣取っている〈ヤミー〉が、ごく小さな声で囁《ささや》いた。彼女の耳には〈カプセル〉がセットされていた。そして彼女の囁きは、〈ハッチ〉を通してメンバー全員の耳元に届けられている。

（来ましたね）

最後部に座っている〈オブリージュ〉も囁いた。

（流れにのっていきましょう、ヤミー。すべてはネゴのコントロールのままに）

（わかってるわ、オブリージュ）

ポディウムを前にして立つオークショニア、パトリック・ダンドラン――通称〈ネゴ〉は、ヤミーとオブリージュ、両人にちらりと目配《めくば》せしたあと、口火を切った。

「さあ、お待ちかねのポロックです」

よく通る声が会場に響き渡る。自然と拍手が沸き上がった。

「待っておられたのはどなたでしょうか。あなたかな？　いや、それともこちらのご婦人でしょうか。違うって？　おお、これは失礼。あまりにもお美しいので、つい……」

会場がどっと沸いた。ネゴはにこやかな笑顔を作ってみせた。

香港の聴衆《オーディエンス》は実にノリがいい。おかげで、パーフェクトな流れができている。

ここまでの一時間、四十四点のコンテンポラリー・マスターズの名品の数々は、すべて予想落札価格《オーバー・エスティメイト》以上のプライスで落とされた。この流れのままに進めれば、完全に会場のムードを支配できる。

「世紀の新発見、未発表のポロック作品です。本作を手にする世界一幸運な方はいったいどなたになるのでしょうか。一千万ドルからスタートします。いきましょう、一千万。一千万。一千百万。一千二百万……」

　スクリーンに現在のプライスが大きく映し出される。USドルを競りの通貨とし、同時に香港ドル、ユーロ、人民元、日本円が表示される。満席のビッダーの中から、いくつものパドルが上がる。プライスはまたたくまに上昇、あっというまに二千万ドル、三千万ドル、と上がっていく。

　最初は三十ほども上がっていたパドルが、ひとつ、ふたつと下ろされていく。五千万ドルの声がかかったところで、パドルを上げているのは、テレフォンビッダーも含めて三名になった。

　ここまで、最前列のヤミーも、最後部のオブリージュも、腕を組んだまま、ピクリとも動かずにいる。スマートな物腰とリズミカルな掛け声で、ネゴはプライスを引き上げ続ける。

「六千七百万。いかがですか、六千八百万。そちらの紳士と中央のレディー、これはおふたりの一騎打ちになるのでしょうか。私好みの美しい一騎打ち。見せてください、さあもうひと声。いってみましょう。よろしいですか、七千万……」

　会場右手前方で最初からずっとパドルを上げ続けているアジア系の男性と、会場中央に座っている派手な帽子を被《かぶ》ったやはりアジア系の女性。このふたりがじりじりと上がっていくプライスにどうにかぶら下がっていた。ひょっとしたらこのままいけるかもしれない、八千万USドルあたりで決着するかもしれないと、このふたりはぎりぎりまでがんばる構えのようだ。しかし彼らはまったく本命ではない。本命が躍り出てくるのは、まもなくのことだ。

「さあ、エスティメイトに近づきました。八千万。八千二百万。いかがでしょうか。八千五百万……」

競り合うふたりのパドルは上がったままだ。

「九千万」

そのひと声とともに、ふたつのパドルのうち、男性のパドルがすっと下りた。会場がざわめいた。ネゴは、にやりと口もとに笑みを寄せた。

「九千百万……」

その瞬間、さっとパドルが上がった。最後部、オブリージュのパドルだ。

「おお、そちらの紳士！　このプライスで参戦ですか、なんという勇気！」

ネゴが叫ぶ。会場がどよめいた。――さあ、ここから一気にヒートアップだ。

「九千三百万。九千五百万。おお、見事にご両人のパドルが上がったままです。まだいきますか？　いいですか？　では、九千六百万、九千七百万、九千八百万……」

ざわめいていた会場が、しんと静まり返った。帽子の女性は、どうにかパドルを上げながら、しきりにハンカチで流れ落ちる汗をぬぐっている。一方、オブリージュは涼しい顔でパドルを上げている。

一拍おいて、ネゴの声がおごそかに響き渡った。

「……一億ドル」

会場内から、ほう、とため息が漏れた。ついに大台に乗った——と感嘆のため息である。オブリージュはびくともしない。一方、帽子の女性のパドルはわなわなと震え始めた。そして、ネゴが一億に百万ドルを加えるまえに、女性のパドルはとうとう下ろされてしまった。

「そちらの紳士」と、ネゴはオブリージュを指差して言った。

「次の私のひと声でライバルが現れなければ、あなたのもとにポロックが届けられることになりそうです。よろしいですか？」

——と、そのとき。

さっとパドルが上がった。テレフォンビッダーのひな壇の一角に座っているサザビーズ・ロンドンのラリー・オースティンだった。

——来た！

「おお、なんとここでテレフォンビッダーが参入しました！　一億ドルから、勇者の参入です！」

　ネゴが声を張り上げた。オーディエンスが、わっとどよめく。誰もが後部席にいるヨーロッパ系の若きビッダー——オブリージュ——のもとにポロックが行くと確信しかけた矢先、まさかの一億ドルからのビッド。会場は騒然となった。

「さあ新たな一騎打ちです！　あちらの若き紳士と、見えざるビッダー。どちらがこの世紀の名作をものにするのでしょうか。レースを続けましょう、よろしいですか？　それでは一億三百万ドル。一億四百万ドル。一億五百万ドル……」

　会場は固唾《かたず》をのんでこの一騎打ちを見守っている。ラリーは耳に受話器を押し当てて、何事か早口に電話の向こうの見えざるクライアントに向かって話しかけている。オブリージュはポーカーフェイスを維持していたが、一億一千万を超えたところで、眉根を寄せ、焦りの表情を作って見せた。オブリージュとラリー、両方の顔を見くらべて、ネゴは（いいぞ、オブリージュ、その調子）と、心の中で語りかけた。

——まえまえから思ってたんだ、君はほんとに役者になれるよ。演技力のみならず、じゅうぶんな美形だしね。たいしたもんだぜ。

「……一億五千万。一億六千万。まだいきますか、ご両人？　いいですね、その心意気。ああ、なんという美しい一騎打ち！　感動的だ。続けましょう。一億七千万……」

　会場のざわめきはいっそう大きくなった。見えざるビッダーと若きビッダー、両者とも一歩も譲る気配はない。これはひょっとすると、ひょっとして、まさか……。

上がり続けるふたつのパドル。ざわめく会場を見渡してから、聖なる言葉を口にする聖職者さながら、おごそかな面持ちでネゴが言った。

「……二億ドル」

再び、ほおっと熱いため息があちこちから漏れた。そして自然と拍手が沸き起こった。

ついにジャクソン・ポロックのレコード・プライス、二億ドルに達してしまった。これまでのレコードは、二〇一五年に「ナンバー・セブンティーン・エー」が叩《たた》き出した二億ドルである。これを超えることになるとは、実のところ、ネゴも想像していなかった。

――まさか、ここまで食い下がってくるとは……。

さすがにネゴの額にも汗が浮かんできた。いま、見えざるビッダー「X」――ヘロデ――は必死になっている。この作品を落札するか、自分の命を落とすか、ぎりぎりの駆け引きなのだ。しかし、やつらの落札予算の上限は一億五千万ドルあたりだったはずだ。ここまで食い下がるライバル――オブリージュ――が現れるとは、まったくの想定外だろう。どこまで予算を超えて食い下がってくるか。極端な予算オーバーで落札したとしても、かえって命の保証はない。となれば、落札をあきらめて「逃げる」ほうに舵《かじ》を切るかもしれない。

が、二億ドルでこのレースからやつらが降りたら、ポロックはオブリージュのところにいくことになってしまう。もちろん、彼は二億ドルを支払うなんてできっこない。二億ドルでもパドルを上げ続けている段階で、サザビーズの幹部たちは疑い始めている。あの若者には二億ドルの支払い能力があるのだろうか、と。そしてオブリージュの資産データをパソコンでチェックし始めているはずだ。

次のひと声が肝心だ。――ヘロデが降りるか、ぎりぎりでオブリージュがさきに降りるか……。

「ここからは未知の領域です。ポロックのレコード・プライスを超えていきます。オークション史に残るプライスになることは確実です。その伝説を手中にするのは、いったいどちらの方なのでしょう……」

ネゴの口上に、会場がしんと静まり返った。そのタイミングを逃さずに、ネゴはついに「未知の領域」に踏み込んだ。

「二億……一千万ドル」

ラリーが受話器を握りしめ早口でプライスを復唱しているのが見えた。次の瞬間、オブリージュがパドルを力なく下げた。

おおーっと会場がどよめいた。ネゴはオーディエンスに気づかれないように、小さくため息をついた。

――いいぞ、オブリージュ。よくやった。

さて、次の一手だ——乗ってこい、ヘロデ。

「おお……ついにそちらの紳士が去って行かれました。さあ、あなたがたったひとりになりました、テレフォンビッダーの勇者！　ポロックの名作が、レコード・プライスを塗り替える瞬間が訪れました！　会場の皆さま、どうぞお立ち会いください。伝説が生まれる瞬間に……よろしいでしょうか？」

ネゴは右手に持ったオークションハンマーを高く掲げた。そして、まさに振り下ろそうとしたそのとき。

すばやくパドルが上がった。——最前列に座っているブロンドの美女、ヤミーのパドルだった。

おおおお——っ。

一段と大きく会場がどよめいた。まさか、信じられない、いったい誰がパドルを上げたんだと、後部列の人々は総立ちである。勝利を手中にしたと顔を輝かせていたラリーは、受話器を握りしめたまま固まってしまった。

「おおっと、これはどういう番狂わせでしょうか?!　最前列のマダム！　まるでアフロディーテのごとく、まばゆいばかりに美しき方です！　本気ですか？　いや、もちろん本気ですね？　いいでしょう、さあ、いま一度。ジャクソン・ポロックを奪い去るのはいったいどちらでしょうか。——勝負です！」

わあっと歓声が上がった。まるでボクシングのタイトルマッチの会場の様相である。

ヤミーはネゴの口上がいかにも気に入ったと言わんばかりに、勝ち気な表情に微笑を浮かべた。ラリーは早口に受話器に語りかけている。降りるか、続けるか、どうするのか——ぎりぎりのやりとりをしているのだ。

「二億一千五百万ドル！」

ふたつのパドルはびくともしない。

「二億二千万！……おお、やりますね、おふたかた。まだいくか？　いきますか？　よし、いきましょう！……二億二千五百万！」

ラリーの口の動きが鈍くなってきたのをネゴは即座に認めた。——そろそろ限界がきている。次のひと声が勝負になりそうだ。

ネゴはヤミーに目配せした。ヤミーは小さくウィンクを返した。

——ったく、惚《ほ》れてしまいそうだよ、スイートハート。

……いくぞ！

「……二億三千万ドル！」

ラリーのパドルが、ぶるぶると震え始めた。

あっ。——降りる。

誰もが「見えざるビッダー」が降りる、と思ったその瞬間。

別のパドルが、すとんと落ちた。——ヤミーのパドルが。

会場がしんとなった。ほんの三秒、ネゴが押し黙った。それから、おごそかに口を開いた。

「——どうやら、勝負あったようです。……電話の向こうの見えざるビッダー。最後まで闘い抜き、勝ち抜いたのは、あなたです。二億三千万ドル。ジャクソン・ポロック『ナンバー・ゼロ』。見事、レコード・プライスで——あなたのところへ、いざ！」

ネゴはハンマーを高々とかざし、思い切り振り下ろした。

コン！　とすがすがしい音が会場に響き渡った。

次の瞬間、どっと歓声が沸き起こった。雷鳴のような拍手喝采《かっさい》。ひな壇のラリーは額の汗をぬぐって、おめでとうございます、と口早に告げ、ようやく受話器を置いた。

（もっていってもらったわ……くやしいけど）

ため息をついて、ヤミーが囁いた。

（ええ。実にくやしいですね）

拍手に加わりながら、オブリージュが囁き返した。

ハンマーをポディウムに置いて、ネゴも大いに拍手した。彼の拍手がメンバーを——ヤミーとオブリージュ、そして自分自身を讃《たた》えるものであるとは、誰にも気づかれるはずはなかった。

Friday October 6　6:52PM

香港島　香港会議展覧中心

　手首につけているウェアラブルスマートフォン〈ハッチ〉が、ピピピッ、と受信音を鳴らした。〈ミリ〉は〈ハッチ〉の小さな画面をすばやく確認した。

なんだってできるはずだ《ザ・ワールド・イズ・ユア・オイスター》。幸運を《グッド・ラック》！　j

〈ジェット《ボス》〉からのメッセージを目にして、ミリは思わず微笑んだ。

「オイスターじゃなくて、おれはロブスターのほうがいいね」

隣で〈エポック〉がつぶやいた。

「オイスターには二回、あたったからなあ。最初はパリのビストロで、二度目もパリのビストロで……」

「あきれた」

　すかさずミリが言った。

「一度やられたら二度目は自粛するでしょ、ふつうは」

「ああ、おれはふつうじゃないんでね。一度やられたんだから、二度目はないだろう、って思ったわけさ」

開き直ったように、エポックが返した。

「まったく」とミリは、苦笑した。

「日本では『二度あることは三度ある』っていうのよ。つまり、あなたはもう一回オイスターにあたるってこと。自粛しない限りはね」

「だから言ってるだろ。ロブスターのほうがいいって」

エポックは、ますます開き直った。ミリは肩をすくめた。

「とにかく、オークションはまもなく始まるところよ。ターゲット登場まであと一時間。心の準備、しときましょう」

「了解」エポックが応えた。

「業務《ミッション》が完了したら、あっつあつのロブスターのバターチーズ焼きを食べに行くとするか」

七時きっかりに、オークションが開始された。

ふたりの耳には超小型オーディオ〈カプセル〉がセットされている。ルーターでもある〈ハッチ〉によって受信されるオークション会場の音声が、はっきりと聞こえてくる。音声をメンバー各自に飛ばしているのは〈ネゴ〉である。彼の腕に装着されている〈ハッチ〉が中継しているのだ。

耳の奥で、テンポよく競りを進めるネゴの声が響いている。またたくまに一点、また一点と、現代美術の巨匠《コンテンポラリー・マスターズ》の作品が競り落とされていく。ネゴの煽動《せんどう》にすっかり乗せられて、すさまじい速さでプライスがつり上がる。値段が上がれば上がるほど会場はヒートアップする。その熱波がカプセルを通して伝わってくる。

――さすがネゴ！　とミリは、耳たぶを熱くしながら心の中で賞賛を送った。

このぶんだと、予定通り二十時きっかりにターゲット《ポロック》登場ってことになりそうね。

軽口を封印して、ふたりは作品保管庫のシャッターの前で「いかにも手持ち無沙汰《ぶさた》な」雰囲気を作って佇《たたず》んだ。

シャッターの向こうは作品保管庫になっている。「ナンバー・ゼロ」はすでに輸送箱《クレート》の中に納められ、このシャッターのセキュリティが解除される瞬間を待っている。

史上最高価格でビッダー「X」――つまり〈ヘロデ〉が落札したら、その直後にこのシャッターが開く。そのときまで、二方向からシャッターに向けられている監視カメラの前では、どんなに退屈でも輸送スタッフ然とした演技に徹しなければならない。

ピピピッ。

十九時三十分きっかりに、ミリの〈ハッチ〉が交信の呼び出し音《コンタクト・コール》を鳴らした。画面には〈awesome《オーサム》〉と交信相手の名前が出ている。画面を人差し指でタップすると「ハイ、オーサム」と、エポックのほうを向きながらミリは応えた。監視カメラに見られているのだ、エポックと話しているふりをしながら交信しなければ。

『やあミリ、エポック。どうだそっちは？　ヒマか？』

「ああヒマだよ。寝落ちしそうだ」

エポックも、ミリの顔を見ながらオーサムの交信に応答した。

『寝落ちすんな。三十分後にあんたの最大の見せ場がくるじゃん』

笑いを含んだ声でオーサムが言うと、

「見せ場っつったって、見てるのは監視室のおっさんだけだろ」

エポックが毒づいたので、ミリは思わず笑ってしまった。

『まあ、すねるなって。そりゃネゴは今回の業務じゃ主役張ってるから、壇上でスポットライト浴びてるけどさ。おれらは裏方《バックシート・ロール》の役回りだし、しょーがねっしょ』

オーサムもくすくす笑ってそう言った。

『ところで……「もうひとりの主役」のほうに、ちょっと面白い変化が訪れたぜ』

「もうひとりの主役……張英才のことか？」

エポックが訊くと、

『その通り』

オーサムがすぐに返した。

『なんとあいつ、難読症《ディスレクシア》を克服しちまったんだよ。きっかけは……そうだな、おそらく「神降臨」じゃね？』

エポックとミリは顔を見合わせた。お互いの顔に（まさか）と書いてあるのをしばしみつめ合ってから、「なんの神さま？」とミリが尋ねた。

『ただいま、あんたたちの後ろにいる神さまだよ』

オーサムが、さも愉快そうな声で答えた。

『ジャクソン・ポロックって名前のね』

〈アノニム〉が「明日の決起集会用の原稿」を送りつけたら、音声ソフトなしでそれを張英才が読んだ——という、ほんの十分まえの出来事。エポックとミリは、いかにもふたりで会話しているようなポーズを崩さずに、張英才に起こった「ちょっとした奇跡」について聞き入った。

「なるほどな。アートはときに奇跡を起こす……」

エポックがつぶやくと、

『他人事《ひとごと》みたいだね。仕掛けてんのはおれらだよ？』

オーサムがあきれた口ぶりで言うので、ミリはまたおかしくなってしまった。

『てなわけで、がぜん面白くなってきたって報告でした。じゃあまたあとで、成功《グッド・》を祈《ラック》る』

一方的に交信が終了した。エポックとミリは、もう一度顔を見合わせた。

「おいおい、おれたちが『神さま』担ぎ出したら、あの少年、完全に覚醒《かくせい》しちまうんじゃないの？」

ジョークでもなさそうにエポックが言った。「そうね」とミリが応えた。

「この香港から若き天才アーティストを誕生させるためにも、なんとしても担ぎ出さなくちゃね」

ミリの脳裡に、「ＭＭ」の建設予定地を訪ねてきた張英才の姿がふいに浮かんだ。クラスじゅうの生徒が訪問をボイコットしたのに、英才と、もうひとり、女子生徒の栄玉蘭だけは、約束通り来てくれたのだ。

あのときの、メガネの奥の澄んだまなざし。――アートで世界を変えるんだ、と本気で思っている目。混じり気のない大志が、あの瞳にはみなぎっていた。

――似ているんだよ、私に。

〈アノニム〉が支援すべき人物が、なぜ彼なのか。仲間《メンバー》に訊かれて、ジェットはそう答えていた。

――アートで世界を変えられるかどうか、ほんとうのところはわからない。けれど、変えられるかもしれない、と思うことこそが大事なんだ。そして、なんでもいい、何かアクションを起こすことが大切なんだ。

私も、そうだった。アートで世界を――少なくとも、自分の世界を変えられるかもしれない。そう思って行動してきた。

アートで誰かの人生を変える。誰かの人生が変われば、ひょっとすると、この世界も変わるかもしれない。それが〈アノニム〉の活動の骨子になった。そして、それは君たちメンバーの心にも響いた。だからこそ、それぞれにアート界の第一線で活躍しているプロフェッショナルである君たちが、〈アノニム〉に参加してくれているのだと思う。

勘違いだ、と言われるかもしれない。夢でしかない、と笑われるかもしれない。けれど、そう思っているのは私ひとりではない。私には、君たちがいる。アートがある。

その思いを、勇気を、あの少年に移植したいのだ――。

「カッコいいよね、うちのボスって」

心に浮かんだ思いのままに、ミリはつぶやいた。

「ほんとうに本気で、アートで世界を変えられると思ってるし、追い詰められた人たちをアートの力で救おうと思っている。そして、それを実行している。カッコいいなあ」

「そうだよな。おれもそこんとこにシビれて、仲間になったわけなんだが……」

　エポックが、すぐに呼応した。

「もっとグッときたのは、『世界を変える力を秘めたアートを救う』ってコンセプトだな。おれらがやってることは、とどのつまり、盗まれたり、破壊されかけたりしてるアートを救う、極秘救護《シークレット・レスキュー》みたいなもんだろ？　でもって、〈アノニム〉に救い出された作品ってことで世界が注目するようになれば、その作品の所有者もまた救われるかもしれない……」

「立ちゆかなくなった修道院とか、過疎化に悩む町とかね。一躍注目されて、経済効果もバツグンだし……」

　答えながら、ミリは、いままで自分が中心になってかかわったミッションの中で、もっとも印象的な実績《ケース》を思い出していた。

　フィレンツェ近郊の小村にある小さな修道院のケース。大切に守り伝え、一般公開していたフラ・アンジェリコの受胎告知を描いた絵画が盗難に遭った。気苦労のため倒れてしまった院長は、作品が返還されることを望みながら亡くなってしまった。

　このニュースを知ったジェットから〈アノニム〉のメンバーに招集がかかった。盗んだのは、狂気のコレクター〈ゼウス〉の手下だと判明。モナコにある〈ゼウス〉の邸《やしき》に入ってしまったら、二度と出てくることはない。そうなるまえに奪い返さなければならなかった。

作品は「足跡を消すために」ジュネーヴにある美術品の保管庫に一時的に入れられる――という情報をつかんだ。世界中の富裕層が美術品や宝石などを保管している、いわば「公的な秘密の倉庫」である。〈オブリージュ〉もその保管庫を一区画借りていた。

オブリージュの導きで、ミリとエポックは関係者になりすまして保管庫に侵入した。そして、作品入りのクレートが保管庫に入れられる直前に、ダミーのクレートとすり替えて搬出することに成功した。セキュリティ会社のロゴがサイドボディにでかでかと入れられたワゴン車にクレートを積み、一路フィレンツェへとひた走り、街はずれにある〈ヤミー〉の持ち家に運び込んだ。そこで待ち構えていた〈ネバネス〉が、作品のコンディションチェックを行い、丸三日間かけてクリーニングもして、「鑑定書」を付けた。本作は正真正銘、フラ・アンジェリコの真筆であると。――ただし、身元を明かすことができないので「無記名の鑑定書」になったのだが、気持ちの問題だからね、とネバネスはさばさばと言った。世界随一の修復家にして鑑定士、サラ・グッドマンが保証した鑑定書である。世界中の美術館や著名コレクターが、彼女のサイン入りの鑑定書一枚を得るために十万USドルを支払うこともある。いや、ネバネスは、たとえ百万ドルを積まれてもサインを拒否することだってあるのだ。――この無記名の鑑定書の価値を知るのは自分たちのみである。その事実にミリは深い感動を覚えた。

こうして、フラ・アンジェリコはもとあった場所――修道院付属の美術館の展示室の壁に、密《ひそ》かに戻された。展示室にはほとんど機能していない監視カメラ以外にはセキュリティ・システムがなく、実に容易に侵入することができた。財政難に悩む修道院に高度なセキュリティ・システムが導入されているはずもなかった。ミリは、再びこの至宝が盗み出されることがないようにと祈らずにはいられなかった。

フラ・アンジェリコの作品が完璧なコンディションになって展示室に返ってきた。いったいどうしてそうなったのか、誰も知ることはできなかった。しかし、誰によって戻されたのか、手がかりが残されていた。作品の裏に貼ってあった「a」のステッカーと、無記名の鑑定書。そしてクリーニングを施された完璧なコンディション。――〈アノニム〉に違いない、と美術品盗難事件の事情に通じた関係者は後に確信した。迷宮入りしそうな美術品の盗難事件はあまたある。ところが、この事件をきっかけに、盗難に遭って行方のわからなかった作品のいくつかが、突然持ち主のところに戻ってくるケースが相次ぐようになった。すべてのケースに共通しているのが、作品の背面につけられた「a」のステッカーと、無記名の鑑定書、そしてクリーニング、場合によっては修復までも施された完璧なコンディションだった。この「盗難美術品返還」

を実行しているのが〈アノニム〉という名の集団――その手際のよい仕事ぶりから単独ではないとみられていた――であると、関係者のあいだで知られるようになり、いつしかネットや各メディアによって報じられるようになっていたのである。

　より美しくなって還ってきた受胎告知を目にして、奇跡が起こったと、修道士たちと村の住人たちは泣いて喜び、感謝の祈りを捧《ささ》げた。小さな修道院と小さな村は一躍世界の注目を浴び、多くの人々が訪れて経済効果を生み、また多額の寄付も集まって、村と修道院の財政難を救うことになった。村の公的資金で修道院付属の美術館に最新のセキュリティ・システムが導入された――とネットニュースで知って、ミリはようやく胸をなで下ろしたのだった。

　さて、あのケース。ゼウスの手下が空っぽのクレートに気付いたのは、いったいどの段階だったのだろうか。保管庫で確認しようとしたときか、あるいはゼウスの邸に持ち込んで、「全知全能の神」の目の前で梱包《こんぽう》を解いたときか。

　いずれにせよ、あの一味は、美の亡霊に取り憑《つ》かれた狂気のコレクターを満足させるために、懲りもせずに世界中の名品を略奪し続けている。が、実際にはゼウスのもとに届けられるのはごく限られた超一流の傑作だけで、ほとんどの作品は活動資金を調達するために闇マーケットで売りさばかれている。その過程で「足がつく」と感じたら、容赦なく作品を破壊して証拠隠滅を図るらしい。想像するだに恐ろしいが、そうやってこの世界から永遠に消えてしまった作品が何点もあるのだ。しかしながら、彼らが次なる「生贄《サクリファイス》」と狙い定めている逸物《いちもつ》――ジャクソン・ポロックの知られざる作品「ナンバー・ゼロ」は、サイズ的にもセキュリティ・レベル的にも盗めないと踏んだのだろう、珍しいことに礼儀正しく正面玄関のドアをノックしてきた。裏で糸を引いているヘロデの存在を隠すため、複数の代理人を立てて、サザビーズ香港のメイン・セールにエントリーしてきたのだ。これに最初に気づいたのは、もちろんネゴであった。いや、気づいたというのは正しくない。エントリーするようにこちらから仕向けたのだから。

「ナンバー・ゼロ」は、ジェットの親しい友人で大富豪のロレンダ・ボシュロムが所有者である。ロレンダは世界的に知られる現代アートのコレクターで、若いアーティストたちの熱心な支援者だ。ロレンダのアートコンサルタント――無報酬の――を買って出ていたジェットは、ロレンダに「ナンバー・ゼロ」をオークションに出してみないかと持ちかけた。

「ナンバー・ゼロ」は、その希少性と完成度の高さから、オークション史上最高価格で落札されるだろう。いや、落札されるように仕向けるのだ。……名品中の名品が大好物のあの男、ゼウスが食いついてくるだろうから、ごっそりと支払わせてやろうじゃないか。ロレンダは、オークションで得た金で現代アート振興のための財団を設立するつもりだ。となれば、基金は多ければ多いほどいい。

ただし、「ナンバー・ゼロ」をあの男の手に渡すわけにはいかない。やつにはたっぷりと金だけを払ってもらおう。そして、やつのもとに送り込むのは——「贋作《フェイク》」だ。

ピピピッ。

〈ハッチ〉の時報が鳴った。ちょうど二十時である。同時に、〈カプセル〉を通してヤミーの囁きが聞こえてきた。

(来たわ)

すぐにオブリージュの囁きが追いかけてくる。

(来ましたね……流れにのっていきましょう、ヤミー。すべてはネゴのコントロールのままに)

(わかってるわ、オブリージュ)

続いて、ネゴの朗々とした声が響いてきた。

『さあ、お待ちかねのポロックです』

沸き上がる拍手。ミリも思わず拍手しそうになって、あわてて両手をつなぎのポケットに突っ込んだ。エポックは腕を組み、退屈そうな顔を作っている。ミリは下を向いて、小さく深呼吸した。

——ここまでの競り時間は一点あたり平均一分三十六秒。かなり順当に……いや、そうとうなスピードで落札を決めている。ポロックは、オブリージュとヤミーが値段を煽る役で一億ドル手前から参戦する予定だから、五分以上はかかるわね。

けれど、ネゴのことだから、ハンマーを落とすまでに十分以上は費やさないはず。

五分経ったところでスタンバイしなくっちゃ。

テンポよく競り上げていくネゴの声が響いている。またたくまにプライスが上昇する。ミリとエポックは、じりじりしながら「その瞬間」を待った。

七分後、プライスは一億ドルの大台に乗った。ミリとエポックはちらりと視線を合わせて、こっそりと笑い合った。このままいけば、とんでもないレコード・プライスになりそうだ。

『……二億三千万ドル！』

　恐ろしいほどの高値に上りつめたそのとき、会場がしんとなった。ほんの三秒、ネゴが押し黙った。それから、おごそかな声が聞こえてきた。

『――どうやら、勝負あったようです。……電話の向こうの見えざるビッダー。最後まで闘い抜き、勝ち抜いたのは、あなたです。二億三千万ドル。ジャクソン・ポロック「ナンバー・ゼロ」。見事、レコード・プライスで――あなたのところへ、いざ！』

　コン！　とハンマーの音が響き渡った。

「っしゃ！」

ミリとエポックは同時につぶやいた。それから、すぐにまた、退屈そうな顔を無理やり作った。

待つこと五分。廊下の向こうから、せっかちな足音が近づいてきた。サザビーズ香港の作品管理担当の責任者、アレクシス・フォイが小走りで現れた。ふたりの顔を見ると、「私が言った通りになりましたよ」と、額に汗をうっすら浮かべながら言った。

「最高落札価格で、ビッダー『X』がポロックを落札しました！　今日中にパリ行きのフライトに搭載するのが購入の条件ですから、急いでください」

アレクシスは、壁に付いているセキュリティ装置にカードをかざし、シャッターを解錠した。派手な音を立てて、ゆっくりとシャッターが上がる。エポックは、近くに停めてあるフォークリフトに飛び乗った。

「ナンバー・ゼロ」が入れられたクレートは、シャッター近くに置かれていた。ミリがフォークリフトを誘導し、エポックは慣れた手つきで操作して、フォークにクレートを載せ、持ち上げた。そのまま回転して、搬出入口《ローディング・ドック》へそろそろと向かう。搬出入口のシャッターは開けられており、二トントラックが後ろ向きに付けられている。観音開きになっているリヤドアの中へと、フォークに載せられたクレートが収められた。

ふたりはすぐさまトラックの荷台の中に入って、サイドパネル、つまり荷台の内壁にクレートを木綿の紐《ひも》でくくり付けた。美術品輸送車は世界に数あれど、作品を車内のパネルに固定するのにこうして木綿の紐を使うのは、日本の輸送会社と〈アノニム〉だけなのだ。金属よりもナイロンよりも、木綿の紐がもっとも強度があり安定するのだという、我らが先生・ネバネスの忠告によって使用を決めたのだった。

リヤドアをきっちりと閉めてロックすると、エポックが運転席に、ミリが助手席に飛び乗った。

「じゃあ頼みましたよ！」

車窓の向こうでアレクシスが叫んだ。エポックは親指を立てて見せた。それから、ゆっくりとアクセルを踏み込んだ。

「ナンバー・ゼロ」を載せたトラックは表通りに出た。少しずつ加速し、やがて路上に連なる赤いリヤランプの流れの中へと消えていった。

Friday October 6　8:10PM

九龍半島　環球貿易広場

オークション会場の模様をネット中継しているパソコンの画面の中で、オークショニア、パトリック・ダンドランが、コン！　と勢いよくハンマーを打ち鳴らした。

「っしゃあ！」

その瞬間、画面を食い入るようにみつめていた〈ヘロデ〉は、高々と拳《こぶし》を突き上げた。

電話で競りの指示を出していたジョナサン・ハブマイヤーは、流れ落ちる汗を手の甲で拭《ぬぐ》い、大きくため息をついた。

「ありがとう、よくやってくれました。いや、ほんとに……ありがとう、ありがとう」

スピーカーがオンになっている電話に向かって何度も礼を言った。

『おめでとうございます。よく持ちこたえてくださいました。レコード・プライスでの落札、お見事です』

通話の相手、サザビーズ・ロンドンのセールス担当、ラリー・オースティンも、ほっとした声で祝意を述べた。

『このあとすぐに、契約通りの作業に入ります。のちほどご連絡いたしますので、しばらくお待ちください』

通話はすぐに切れた。

「ヒャッハー！　やったぞ、ついに歴史的プライスで落札した！」

重圧から解放されたすがすがしい表情で、ハブマイヤーが叫んだ。

「さあ、シャンパンを開けましょう、ヘロデさま。ダンボネは、この瞬間のために冷やしてあったんですから……」

「あいにくだが」とヘロデは、すぐにでもダンボネの栓を抜いて金色の泡を飲み干したい気持ちに抗《あらが》いながら、努めて平静な声で返した。

「乾杯に付き合っているヒマはまったくない。すぐに空港に向かわなければ……」

「ですが、無事に『ナンバー・ゼロ』を出荷したという確認《コンファーム》が入ってからでも遅くないでしょう？　せっかくの祝杯ですから、ひと口だけでも……」

ハブマイヤーが、水滴のついたなで肩のボトルをクーラーから取り出した。ナフキンでボトルをぬぐうと、慣れた手つきで開栓する。ポン！　と小気味よい音がした。

「そうか。じゃあ、一杯だけ……」

たまらなくなって、金色の液体に満たされたグラスに手を伸ばしかけると、ハブマイヤーのスマートフォンの呼び出し音が鳴り始めた。ヘロデは飛び上がりそうになって、あわてて手を引っ込めた。

「もしもし。……ああ、はい。そうですか。わかりました。素早い対応に感謝します」

電話に出たハブマイヤーは、すぐに通話を切って、

「ポロックを載せた輸送車が、ついさっき出発したそうです」

と言った。

「え？　もう出発したのか？」

ヘロデは、驚いて聞き返した。

落札してから十分と経過していない。——ずいぶん早いな、と思ったが、「落札したらすぐに出荷」という約束を、文字通り実行したのだろう。

ということは……〈落札したら・三分以内に・ヘロデたち一味が管理する代金支払い用の銀行口座から・落札価格＋オークション会社の手数料十パーセントの合計金額が・引き落とされる〉プログラムが実行された……というわけか。

つまり、落札価格二億三千万USドル＋手数料二千三百万USドル、合計二億五千三百万USドルが引き落とされたのだ。——あんな小学生の落書きのような絵、たった一枚に！

——知ったことか、とヘロデは胸の裡《うち》で毒づいた。

おれの金じゃないんだからな。全知全能の神のお戯れさ。ずいぶんと値の張るお遊

戯代だがね。

ヘロデは、グラスを手に取ると、勢いよくあおった。金色の泡がのどをくぐり、全身を駆け巡る。ふうっと大きく息をついて、ヘロデは言った。

「あとは頼んだぞ」

ハブマイヤーは、おや、という表情を浮かべた。

「せっかくのお祝いなのに、乾杯しなかったのですね」

ヘロデは、すぐさまトレンチコートを羽織り、ブリーフケースを提げて、あわただしく身支度をした。

「言っただろう、そんなヒマはないんだ。あとはくれてやるから、せいぜいひとりで楽しむんだな。――ダンボネの代金はお前の部屋につけてくれよ」

そう言って、大股《おおまた》で部屋を出ていった。

Friday October 6　8:30PM

香港島　湾仔

「ナンバー・ゼロ」の入った輸送箱《クレート》を載せた二トントラックは、空港へ続くハイウェイではなく、香港島の中心部、湾仔の路地裏を走っていた。

ウェアラブルスマートフォン〈ハッチ〉の画面をタップして、〈ミリ〉は〈ジェット〉と〈オーサム〉にコンタクトした。

「こちらミリ。無事、作品《ターゲット》を搬出しました。これからAポイントに向かいます」

すぐにジェットが応答した。

『ご苦労だった。万事首尾よくいくことを祈る』

『事故るんじゃねーぞ、〈エポック〉のおっさん』

オーサムが割って入った。

『あんたが背負ってるのはオークション会社の手数料込みで二億七千六百万ドルの価値がある逸物なんだからな』

「おいおい、計算間違えるなよ、オーサム」

ハンドルを切りながら、エポックが返した。

「十パーセントの手数料込みで二億五千三百万ドルだろ？　ったく、天才エンジニアのくせに、小学生レベルの算数なんぞは逆にできないのかね」

『いや、そうじゃないんだエポック。オーサムが正しい』

今度は、ジェットが口をはさんだ。

『オークションのルールでは、買い手だけではなく、売り手も十パーセントの手数料をオークション会社に支払うんだ。だから落札価格《ハンマープライス》プラスその二十パーセントが作品の最終的な価格になる』

「なんだって！」エポックは叫んで、一瞬ハンドルから両手を離した。

「なんだよ、オークションのルールって？　ネゴのやつ、ぼろ儲《もう》けじゃないか！」

『ちょっ……ハンドル離すなよ！』オーサムが急いで言った。

「見えてるみたいね、まるで」ミリが苦笑した。「このトラックにビデオカメラは積んでなかったはずだけど」

ジェットも笑いながら、

『が、たとえレコード・プライスで落札されようとも、ネゴには一セントも入ってこない。ああ見えて彼はなかなか清廉潔白な仕事人《ビジネスマン》だからね。しかしまあ、今回の手柄で確実に昇格するだろうな』

と言った。エポックは、肩をすくめた。

「はあ。奴《やっこ》さん、サザビーズ・ニューヨークの次期ディレクターでも狙ってるのかね。そんなポジションになったら、こっちの仕事がやりづらくなっちまうだろうに……」

トラックは小さな路地を巧みに走り抜け、湾仔の繁華街へと入っていった。金鐘《アドミラルティ》周辺は学生たちがデモを続けていて、すっかり占拠されてしまっている。そこを通れないがために、香港の中心部を貫くメインストリートの告士打道《グロスター・ロード》は大渋滞だとわかっていた。裏路地を通って「Aポイント」に到達する最短距離は、前もってミリが割り出していた。もちろん、1ミリの狂いもなく。

「まもなく地下駐車場入り口を通過予定です」ミリが言った。

「念のために聞くけど、監視カメラはオフになってるわよね？」

『いや。オフにはなってないよ』オーサムが、鷹揚《おうよう》な調子で答えた。

『その代わり、三十分まえからダミーの映像が監視室のモニターに映るようにプログラムしといた。怪しいトラックが通過していない駐車場の出入り口の画像と、何事も起こっていない地下三階駐車場の画像。いまごろ、監視員のおっさんたち、あくびしながらその画像をチラ見してるだろ』

『それはそれで問題だな』ジェットが言った。

『いちおう、彼ら監視員はこのホテルの社員なんだぞ。つまり、私の会社の社員ってことだ』

「感謝します、ボス」ミリが微笑して言った。

「あなたのホテルだから、こんな好き勝手をやらせてもらえるんだもの」

トラックは、超高級ホテル「Expect Hotels & Resorts」の貨物用駐車場の入り口を通過して、地下三階へと減速しながら入っていった。

コンクリートの無機質な壁、だだっぴろい空間の真ん中の駐車レーンに、大型トラックがぽつんと停まっている。銀色の車体には「Complete Art HongKong」とブルーのフォントのシャープなロゴが躍っている。ミリたちが乗っているトラックと寸分たがわない。そっくりそのまま、コピーしたトラックだ。ほかに車は一台も停まっていない。

「まったく、目立つ停めかたしやがって」

ぶつぶつ言いながら、エポックはトラックをゆっくりと「コピートラック」の隣に駐車した。

『目立つも何も、誰にも見られてないんだから、別にいいだろ』

オーサムの声が〈カプセル〉から聞こえてきた。エポックとミリは、それぞれにドアを開けて座席から外へと飛び降りた。

コピートラックの運転席のドアが開き、中から出てきたのは、ミリたちと同様につなぎを身に着けた若者——褐色の肌、ぼさぼさの黒髪、彫りの深い顔にメガネをかけたインド系の青年、ラヤ・シン——またの名を〈オーサム〉——だった。

「よお、天才エンジニア。待ちくたびれたか」

エポックはオーサムの肩をぽんと叩いた。オーサムは、口に含んでいたチューインガムをぷうっとふくらまして、エポックの鼻先でぱちんと弾《はじ》けさせた。

「小僧！　それが先輩に対する挨拶《あいさつ》かっ」エポックは、オーサムのつなぎの襟を引っつかんだ。

「ちょっと、仲間割れしてる場合じゃないでしょ」あきれた声でミリが言う。

「仲間割れじゃないさ。スキンシップだよ」

そう言って、エポックはオーサムをつかまえて髪の毛をくしゃくしゃとかき回した。オーサムはくすぐったそうに笑い出した。

「わーった、わーったよ、おっさん。やめろって、おれの自慢のヘアスタイルが……」

「なーにがヘアスタイルだ、このこわっぱめが！」

ふたりがじゃれ合うのを尻目《しりめ》に、ミリは自分たちが乗ってきたトラックの後部にさっさと回り込んだ。

つなぎのポケットから電池式スクリュードライバーを取り出す。ナンバープレートのビスに直角に先端をつけると、スイッチを入れた。ヴィーンと音を立てて、またたくまにビスが抜け、プレートが取り外された。

「エポック、そっちを頼むわ」

ミリに言われて、「ほい、了解」と、エポックはようやくオーサムの首根っこを放した。

「いまはこわっぱを相手にしてる場合じゃないわな」

エポックはコピートラックの後部に回り、ミリと同じようにドライバーでプレートを外した。

「おれもお手伝いしますよ」と言って、オーサムは、ミリが外したプレートをエポックのところへ持って行き、エポックが外したプレートをミリのところへ持ってきた。

ミリとエポックは、それぞれに「交換した」プレートを、トラックのバンパーに取り付けた。

「っしゃ、これでよし」

エポックは満足そうに付け替えられたプレートを眺めた。それから、ふと思い出したように訊いた。

「ところでオーサム、お前さん、いつ香港《こっち》へ来たんだ？」

「きのうだよ。二十四時間まえ」ガムをふくらましながら、オーサムが答えた。

「こう見えても、おれ、けっこう忙しいんだけど。会社《うち》が開発した次世代スマートフォンのプレゼンが間近で……株式の公開も迫ってるしさ。それでもボスに実務《アクト》してくれって言われたもんだから、どうにか仕事をやり繰りして来たんだぜ」

「わかってるって」エポックが応じた。

「お前さんとこの株、最低でも一万株は買うつもりだから。予約優先してくれよ」

「ちょっとふたりとも、インサイダー取り引き禁止よ」ミリがぴしゃりと言った。

「なんであれ、法に抵触する行為は御法度だって、いつもボスに言われてるじゃない。疑われるようなことは絶対にするな、常に身辺を潔白に保つようにって。じゃないと、こっちの仕事がやりづらくなるでしょ」

「こっちの仕事でじゅうぶん法に抵触してるけどね」オーサムが、笑いを噛み殺して言った。

「ま、とにかく。例のものはコピートラックの荷台の中だ。確認してくれる？」

コピートラックの荷台の後部ドアを開けて、ミリとエポックは飛び乗った。

中には、オークション会場の作品保管庫から搬出した輸送箱《クレート》と寸分たがわぬ「コピークレート」が、しっかりと木綿の紐で側面の壁に固定されていた。

ミリはつなぎのポケットからカード型デジタルカメラ〈タロット〉を取り出し、コピークレートを撮影《スキャン》した。その写真を、〈タロット〉のファイルに入っているオリジナルクレートの画像と重ね合わせてみる。白木に刻印された「FRAGILE」の文字の位置、「天地無用(↑のマーク)」「濡《ぬ》らすな(傘のマーク)」「取り扱い注意(グラスのマーク)」などのピクトグラム、作品管理シール、すべてがオリジナルと同じようになっている。

「さすが」ミリは、感嘆の声を上げた。

「完璧にコピーできてる……すごいわ」

「ぎりぎりで完成したんだけどね」

オーサムがガムをふくらまして言った。

「ネゴが〈タロット〉で撮影したオリジナルのクレートの画像を送ってきたのが、おといだったから……シールを印刷して貼り付けたのは、ついさっきだよ。でもま、コピークレートを早めに作っといてもらって助かったよ、ミリ。完璧にコピーできたのは、君のおかげだ」

「あら、どういたしまして」と返しつつ、ミリは、1ミリの狂いもなくクレートをコピーできたことを、ちょっと自慢に感じていた。

「それで……この中には、あいつの作品が入ってるってわけか」

エポックが腕組みをして言った。

「そういうこと」オーサムは、ぱちんとガムをつぶして応えた。

「ポロックが乗り移って描いたあいつの絵が……ね」

三人は、顔を見合わせた。

「じゃ、行くか」

エポックが声をかけた。「ええ」とミリがうなずいた。

「おれも行くよ。そっちにくらべれば、こっちは準備するのに今夜ひと晩あるから、余裕綽々だけどね」

そう言って、オーサムがにやりと笑った。

「お前さんに限ってヘマはないと信じてるさ。あとは任せたからな」

エポックとミリは荷台から飛び降りた。エポックは、ポケットからトラックのキーを取り出し、「ほらよ」とオーサムに向かって投げた。オーサムはそれをしっかりとキャッチした。

「今度は、そっちの背中に二億七千六百万ドルだ。心して行けよ」

「はは、ぞくぞくするね」オーサムは、肩を派手に上下させて見せた。

「そっちのほうこそ……ひょっとすると、いずれ、あいつの描いたコピーのほうが、価値が出る日……くるかもしれないぜ」

そして、コピートラックのキーを、エポックに向かって投げた。エポックもそれをキャッチして、「まったくだ。そうなりゃいいけどな」とため息をついた。

「そうならないとは、誰にも言えないわよ」

ミリが言った。エポックはミリのほうを向いて、笑顔になった。

「そうさな。未来のアーティストのために。——今回の業務《ミッション》は、そのために捧げられてるんだもんな」

オーサムが、オリジナルのトラックに乗り込み、エンジンをかけた。エポックとミリも、コピートラックに乗り込んだ。

「じゃあな。幸運を祈る《グッド・ラック》」

運転席の窓を下ろして、エポックがオーサムに声をかけた。オーサムは、右手の親指をぐっと突き出した。

ジャクソン・ポロック「ナンバー・ゼロ」が搭載されたトラックは、オーサムの運転で駐車場を後にした。

そして、エポックとミリが乗ったコピートラックの荷台には、コピークレートに入れられた「作品」が載せられていた。

アートで世界を変えてやる。――そう心に決めた高校生、張英才が描き上げた題名すらない一作。

絵の具に込められた情熱が、カンヴァスいちめんにほとばしる絵。ポロックによく似た、けれど決してコピーではない一枚の絵。

名もなきアーティストが命をぶつけて描いた絵は、香港国際空港に向かって、一路、夜のハイウェイをひた走っていった。

Saturday October 7　7:30AM

香港島　湾仔

ショートメッセージ着信音が、耳元で特大の音を響かせた。

すっかり眠りこけていた張英才は、布団から文字通り飛び起きた。大あわてで枕元のメガネを拾い上げてかける。スマートフォンの画面を見ると、栄玉蘭からのメッセージが届いていた。

おはよ。今日の決起集会、受付待ち合わせにする？　それとも、金鐘の駅で待ち合わせて、一緒に行く？

「うわ……し、信じられねー……」

英才は惚《ほう》けた声を漏らした。ふたつの点で信じられなかった。ひとつは玉蘭からのメッセージを音声ソフトに頼らず初めて「読めた」こと、もうひとつは、玉蘭から誘われたことだ。ただし、誘われたのはデートじゃなくて、「香港の学生の決起集会」へ……だけど。

おはよう！　せっかくだから一緒に行かね？

うん、わかった。じゃあ十時に金鐘の改札で。着いたらメールするね。

オッケー。じゃああとで。

何気ないやりとりだったが、その何気なさが、まるで「付き合ってるふたり」みたいな感じがして、英才は舞い上がりそうだった。

ベッドから抜け出して、クローゼットの戸を開ける。めちゃくちゃに突っ込んであるTシャツの中からいちばんましな一枚を引っ張り出し、同じくぐしゃぐしゃに丸めてあるジーンズの中から洗濯したての一本を取り出した。ついでに、一年以上もまえに買ったまま放置していた新しいトランクスをはいた。なんとなく、「勝負パンツ」ってのはこういうときにはくもんじゃないのか？と思ったから。……なんとなく、だけど。

Tシャツを着て、ジーンズに片足を突っ込んだところで、枕元に置いたままのスマートフォンが、またショートメッセージの着信音を鳴らした。わわっ、と急いで取り上げようとして、足がジーンズに絡まり、頭からベッドに突っ込んだ。

「あつつッ……」マットレスで強打した額を押さえながら、スマホの画面を見る。そこには、玉蘭からではなく、〈アノニム〉からのメッセージが届いていた。

やあ、張英才。よく眠れたか？　メッセージの着信音にビビって、あわててすっ転んだりしてないだろうな。

「って見えてんのかよ！」と思わずスマホに向かってツッコむ。が、窓のカーテンはしっかり閉じられている。昨夜、〈アノニム〉とチャットしているときに、なんとなくこっちの動きを向こうに見られているような気がした。だから、寝るまえに隙間なくカーテンを引いておいたのだ。

英才は、部屋の中をぐるりと見回した。まさか、この部屋のどこかに盗撮カメラが仕込まれてる……なんてことはないだろうな。

心配するな。ノゾキの趣味はないよ。カワイコちゃんならともかく。

「やっぱ見えてんじゃねーかよ！」と再びツッコんだ。ふと、スマホの画面に、さも愉快そうに笑う男の画像が浮かんだ気がした。もちろん、目の錯覚なのだが。

まったく、こいつは油断できないヤツだ——と、英才は思った。なんだよ、カワイコちゃんて。いまどき言わねーし。ジジイかっての。

だけど、おかしなことに、ちっともヤなやつじゃない。

ヤなやつどころか、おれは、なぜだか不思議な親近感をこいつに覚え始めている。ちっちゃい頃から、夢中で遊んだりいたずらしたりして、いつも一緒に過ごした幼なじみ……みたいな感覚だ。人には見せたくない自分のカッコ悪いところも、こいつになら見せられるような。だけど、ここイチのカッコいいところも、こいつには見せつけてやりたいような。

と、続けてメッセージがきた。

さて、ここで質問だ。今日の決起集会で君がぶち上げるスピーチ原稿、暗記したか？　まちがっても原稿棒読みなんてダサいことするなよ。

英才はむっとした。ちょっと気持ちを許したら、たちまちエラそうなことを言ってきやがる。「しらねーし」と、英才はむくれて返事を入力した。

だいたい、なんだよ、一方的に原稿送ってきて。確かにおれは今日、決起集会に行くけど、別にスピーチなんてする予定もないし、たとえ急にやらせろって言ったって、学生連合会が集会を仕切ってるんだから、なんの関係もないおれに出番があるわきゃねーだろ。

と書き送ったところで、メッセージが途切れた。あれっ？と英才は、ハシゴを外された気分になった。一分……二分……三分……五分。こない。返事がこない。こないこないこない。

「おい、おいおい、おーい。どうしたんだよ〈アノニム〉？ビビったのかよ？」

スマホに向かって語りかけた。と、派手な着信音とともにメッセージが返ってきた。

英才は、「ひゃっ！」と叫んで飛び上がりそうになった。

いま学生連合会の事務局と確認した。今日の集会は、最初に学連代表の李健仁があいさつ、次に学連統括リーダーの全俊喜《チエンチュンヘイ》がスピーチ。君の出番は三番目だ。持ち時間は五分。ちなみに、今日は香港じゅうから学生が千六百人集結する見込みだ。講堂に入れない人たちを含めると、三千人以上になると事務局は読んでいる。大一番になるぞ。覚悟はいいな？

「っえ――――っ?!」

英才は思い切り叫んだ。そりゃあ叫びたくもなるってもんだ。――なんでおれが三千人の聴衆の前でいきなりスピーチやらなきゃなんないんだよ?!

いやいや無理ムリ、ムリムリムリ、ぜーったいムリ！　わけわかんねーし！　おれ、デモにも参加してねーし、なんかをどーにかする力もないし、おれなんて

と書きかけたところで、メッセージが飛び込んできた。

英才、君は「アートで世界を変えてやる」っていうジャクソン・ポロックの思いにシンクロしたんじゃなかったのか？

いまはどうにもならなくても、いつかきっとアートの力で世界を変えてみせる。自分にそう誓って、たった一枚の絵でアートの世界に革命を起こしたポロックに、君はなりたかったんじゃなかったのか？

そんなことできっこないと、始めるまえにあきらめるのは簡単だ。始めなければ、何ごとも起こらずに終わるんだから。だけど、それは、やってみてからやっぱりだめだったとあきらめをつけるのとはわけが違う。

どうせ開くはずがないと、閉ざされたドアをノックもせずに終わってしまうやつ

には、世界を変える力はない。けれど、ひょっとしたらこのドアはほんの少しでも動くかもしれないと、とにかくノックしてみるやつには、閉ざされたドアを開ける可能性と力があるはずなんだ。

はっとした。

英才は、スマホの画面をじっとみつめた。まるで、友のことを思いやって言いにくいことも言ってくれる幼なじみの顔をみつめるように。

いいか、英才。アートには世界を変える力はないかもしれない。けれど、ひょっとすると、アートで世界を変えられるかもしれないと思うことが大切なんだ。ピカソも、ポロックも、その思いを胸に描いた。その思いが、カンヴァスを通して、世界じゅうの人々に届いたんだ。だからこそ、いまなお彼らの残した作品は世界中で展示され、熱いメッセージを観る人の心に届け続けている。

英才、君は確かに世界の片隅のちっぽけな十七歳だ。

だけど、君が新しい表現を生み出せないと、世界じゅうに伝播《でんぱ》する波を作れないと、誰が言うことができるだろう？

君には何もない、だからこそ、君にはすべてがある。君は可能性のかたまりなんだ。
叫べ、英才。叫んでみろ。描け。進め。そして生きろ。
きっと、君の目の前で、世界へのドアが開くはずだ。

――JET

Saturday October 7　10:30AM

香港島　香港文化大学講堂

最寄りの駅から押し寄せる人波の中、英才と玉蘭は、講堂に向かって歩いていた。

人人人人人、ものすごい人だ。ハチマキをした人、香港の旗を掲げる人、ホイッスルを吹き鳴らす人、口々に話し合い、笑い合い、和気あいあいとして、まるで海外からやってきた大物ミュージシャンのコンサート会場に向かっているような錯覚に陥る。ただし、コンサートとは違って、道沿いにパトカーが何台も停まり、ずらりと並んだ警察官がにらみをきかせているが。

「すっごい人だね」玉蘭が頬を紅潮させて言った。

「これじゃ、講堂の中には入れないかも」

「いや、大丈夫」玉蘭のほうを振り向いて、英才が返した。

「おれたちふたりは入れてもらえるよ、絶対」

「え、なんで？」玉蘭が訊《き》き返した。

「講堂に入れるのは先着順だよね、確か。この感じだと、もうとっくに満席になってるんじゃない？」

「いや、大丈夫」英才は繰り返した。

「おれたちは、きっと……大丈夫だよ」

講堂の入り口付近は大混雑である。メガホンを手にした学生連合のスタッフが叫んでいる。

『講堂内への入場は締め切りました！ 入れなかった人は、すみやかに駐車場へ移動してください！』

えーっ！ と落胆の声が上がり、ブーイングが巻き起こった。入り口前にようやくたどり着いた英才と玉蘭は、中へ入ろうと殺到する人々にもみくちゃにされてしまった。

「英才！……英才っ！」

遠くのほうで玉蘭の声がした。振り向くと、彼女の姿がない。英才は、人波をかき分けて、声を限りに叫んだ。

「玉蘭！ どこだ、玉蘭！」

「英才！……こっちよ、こっち！」

白い手が遠くで揺れている。波のはざまで飛び跳ねるトビウオのようなその手に向かって、英才は突進した。行けども行けども、群衆の荒波が押し寄せて、引き戻されそうになる。

自分に向かって玉蘭がけんめいに手を振っている、絶対に見失うまいと、英才は歯を食いしばって波に抗った。めいっぱい腕を伸ばして、遠ざかりそうになる彼女の手をつかんだ。そのまま引き寄せる。息がかかるほどの距離に玉蘭の顔があった。汗のにおいに混じって、ふっと甘い花の香りがした。

「――おれの手を離さないで、ついてきて。いいね？」

不安そうな顔に向かって英才は言った。玉蘭は、小さくうなずいた。

ふたりは、しっかり手と手を結び合って、もう一度、入り口に向かって、人波をかき分けかき分け、進んでいった。

『押さないで！　順番に、ゆっくり駐車場へ移動してください！』

メガホンで叫び続けているスタッフの男子学生のところまで、どうにかたどり着いた。「あの、すみません、ちょっと……」と英才は、彼に話しかけた。男子学生は、メガホンを下ろすと、いらついた表情で英才に向かってどなった。

「もう入れないよ！　あっちへ移動して！」

「……僕は……張英才です！」

英才も負けじと大声で返した。男子学生は、一瞬、きょとんとしたが、すぐに、あっ、と思い出した顔になった。

「張英才か！……待ってたよ。僕は学生連合会第四グループリーダーの徐郭嘉《チョイグオジャ》。一緒に来てくれるかい、あっちのほうから中へ……さあ」

「ちょっ……ちょっと待ってください。あのっ」

連れていかれそうになって、英才はあわてて言った。

「あの、彼女も……会場に入れてもらっていいですか？」

英才の背中にぴったりとくっついている玉蘭をみつけた郭嘉は、不安げな顔に向かってにっこりと笑いかけた。

「もちろんだよ。君も一緒に入って。いちばん前の関係者席に案内しよう」

郭嘉に導かれて、ふたりは講堂の裏口から中へと入っていった。近くにいた女子学生に、郭嘉が「彼女を関係者席に案内して」と声をかけた。玉蘭は、英才のTシャツの裾《すそ》をぎゅっとつかんだ。

「英才……なんだかこわいよ。いったい何が始まるの？」

揺れる瞳をみつめて、英才は言った。

「大丈夫、こわくなんかないよ。……おれ、きっとドアを開けてみせるから」

「……ドア？」

英才は、うなずいた。玉蘭は、微笑を浮かべた。

「わかった。……じゃあ、会場で待ってる。迎えに来てくれる？」

英才は、もう一度、力強くうなずいた。

「うん。迎えにいくよ。必ず」

ふわっ、と花の香りが英才を包み込んだ。玉蘭が、思い切り首に抱きついてきたのだ。

ほんの一瞬の出来事だった。けれど、彼女の甘い香りとやわらかな体の感触が、英才の全細胞に沁《し》み入ってきた。

てれくさそうな笑顔になって、玉蘭は小さく手を振った。そして、女子学生に連れられて、ごった返す会場へと消えていった。

Saturday October 7　12:00PM

香港島　香港文化大学講堂

正午ぴったりに、学生連合会の決起集会が始まった。

学生連合を統括する二十歳のリーダー、李健仁が舞台に登場すると、満席の場内は割れんばかりの拍手に包まれた。

李健仁は、学生連合と香港政府の代表との対話を求めてデモを続けている。若いながらも理路整然とした話しぶりと落ち着いた態度が学生たちの信望を集め、海外のメディアにも取り上げられて、ちょっとしたスターのようになっていた。

李健仁が熱狂的に迎えられた舞台の袖《そで》、パイプ椅子にぽつねんと座って、英才が待機していた。

ガクガクガクガク、さっきからずっと足の震えが止まらない。めちゃくちゃ緊張している。会場を埋め尽くす千六百人の聴衆の前でいきなりスピーチをぶち上げるのだ。緊張するなと言われても無理というものだ。

考えるな考えるな考えるな、英才は口の中で繰り返した。なんでおれがこんなところでスピーチやんなきゃなんないんだなんて考えるな、考えたってもうどうにもならない、いまおれがやるべきことは……そうだ、おれがやるべきことは、きのう送られてきたスピーチ原稿、ここに来る直前まで必死に暗記したあのクソ難しい原稿を、一言一句間違えずにしゃべることだ。

そうだ、おれは確かに「読んだ」、あの原稿を。音声ソフトに頼らずに、しっかりとこの目で、この頭で読んだんだ。そして暗記したんだ。

――お集まりの皆さん。こうして皆さんに語りかける僕のことを、「誰だ？」と思っていることでしょう。

そう、僕は何者でもない。香港に生まれ育った十七歳の高校生です。僕には夢がある。アーティストになるという夢が。その夢を僕に与えてくれた画家、そして一枚の絵で世界を変えた画家、ジャクソン・ポロックについて、少しだけお話ししましょう。今日の集会と関係あるかないか、その判断は、僕の話を全部聴き終わったところで判断してください。

ジャクソン・ポロックは……ええと、なんだっけ、ポロックは……うわっ、やばい、全部飛んじまってる！　なんだっけなんだっけ？　やばいやばいやばい、うわ、どうしよう、うわあああーっ！

さあっと血の気が引いた。全身全霊で暗記したはずのスピーチ原稿が、全部吹っ飛んでしまった。頭の中が真っ白になった。

舞台上には、二番手のスピーカー、全俊喜が登壇した。再び、割れんばかりの拍手。予定通りに行けば、英才の登壇は五分後だ。背筋を冷たい汗が流れ落ちる。

――ひゃああ、どうしようっ。に……逃げたいよーっ！

と、そのとき、ジーンズの尻《しり》ポケットでスマートフォンが震えた。

はっとして、英才はスマホを取り出した。活《い》きのいい魚をつかんだように、震える手の中でスマホが飛び跳ねている。画面にふっと文字が浮かび上がった。

メール受信〈anonyme〉

うわっと小さく叫んで、受信ボックスをチェックした。〈アノニム〉からのメール、〈スピーチ原稿 最終版〉という件名。ファイルが添付されている。メールの文面は――。

やあ張英才。きのう送った原稿は忘れてくれ。その代わり、このメールに添付した原稿を、いまから舞台の上で読み上げろ。成功を祈る《グッド・ラック》。世界は君のものだ《ザ・ワールド・イズ・ユア・オイスター》！

英才は、急いで添付ファイルを開けた。そして、息をのんだ。

——な……なんだこれは？

添付されていたのは——真っ白な一ページ。

一文字も書かれていない、空白の原稿だった。

——これは……。

『では、続いて、本日の特別ゲストに登場してもらいましょう。……湾仔高校三年、十七歳、張英才君です！』

司会者の声が響き渡った。

さっきまで会場を包んでいた拍手は波が引いたように消え、どよめきが広がった。

聴衆の戸惑いを打ち消すべく、すかさず司会者が説明をした。

『張君はアーティストの卵です。彼の支援者から当会に連絡があり、膠着《こうちゃく》してしまった現状を打破するアイデアを彼が持っているから、スピーチをさせてやってほしいとの申し入れがありました。当会としては、現状打破のための建設的かつ画期的なアイデアは、いかなる人物からのものであれ、歓迎するのが総意であります。よって本日、急遽《きゅうきょ》張君に登壇してもらうこととしました。それでは張君、よろしくお願いします！』

真っ赤な緞帳《どんちょう》が下がった舞台の中央へ、おぼつかない足取りで、英才が歩み出た。しーん……と沈黙の音が聞こえるくらい、会場は静まり返っている。どくん、どくん、自分の心臓の音が響き渡る。演説台の前に立った英才は、夜の海のような会場を見渡した。

おびただしい数の険しい視線が英才を射る。息が上がり、めまいがする。だんだん、気が遠くなる。だんだん、だんだん――。

と、そのとき。最前列のいちばん端で、祈るように壇上を見上げるたったひとりの少女がいるのをみつけた。――玉蘭だ。

――英才！

玉蘭の声が聞こえてきた。そのささやきは、はっきりと、英才の鼓膜に響いた。

――お願い、英才。「ドア」を開けてみせて――！

「え……と……あの、おれ……おれは……」

演説台の上に置かれたマイクに向かって、ぼそぼそと、英才は話し始めた。会場内が、再びざわめき始めた。なんなんだこいつ、何様のつもり？　こんなやつにスピーチさせるなんて学生連合会もどうかしてるな、いいかげんにしてくれよ――と、ざわざわ、ひそひそ、聞こえてくる。

英才は、一瞬、ぎゅっと目を閉じた。小さく深呼吸すると、顔を上げ、まっすぐに前を向いた。そして、高らかに声を放った。
「――なんでデモやってんだ？　おれは、ずっとそう思い続けてきました。ここに参加している人たちのほとんどが、実はそう思っているんじゃないのかな」
ざわめきが嘘のように消えた。ふたたび暗い夜の海に戻った会場を見渡しながら、その海に向かって、英才は、胸に募る思いをぶちまけた。

おれは香港に生まれ育って、この街で暮らしてる。この街が大好きだ。けっこう、自由だと思ってる。きっと、おれたちは、おれたちの親の世代に比べれば、いろいろ恵まれているはずだよね。だけど、この状況に慣れっこになってて、自由だとか恵まれてるとかっていう実感がないんじゃないかな。

そんな中で、学生運動が起こった。おれたち学生は、力を合わせてデモをした。大きなうねりになって、世界じゅうが香港の動向に注目した。でも、なんの結論も出ていないし、正直、すぐに結論が出ることじゃないと思う。

実を言うと、おれは、この運動がなんなのか、詳しくはわからない。実は、運動に参加しているみんなも、百パーセントは理解してないんじゃないかと思う。なんとなく流れで、とか、面白そうだから、とか。そんな気持ちで参加している人も多いんじゃないかな。

でも、自分が動けば何かが起こるかもしれないって、みんな、ちょっとだけ期待して、動き始めた。そうだろ？　何かが変わるかもしれない、って思ったひとりひとりが動き始めて、大きなうねりになったんだ。その大きなうねりは、実際、世界を変える力をはらんでいた。

おれは、最初、後ろ向きだった。自分が動いたところで、何が変わるっての？　ちっぽけなおれひとりが何かやろうとしたって、何がやれるっての？　そう思って、あきらめていたんだ。——始めるまえに。

だけど、それは間違いだった。始めるまえからあきらめてしまったら、何も起こらず、何も変わらない。世界を変えることができるかもしれない、って、ひとりひとりが思うことが、ほんとうに世界を変えていく力に変わっていくんだ。

もう何十年もまえのこと、ひとりのアーティストが世界を変えた。彼の名前は、ジャクソン・ポロック。世界的に知られるアメリカのアーティストで、世界各国の有名な美術館のコレクションにその作品が収蔵されている。

新しい時代のアートとは、新しい表現とは何か。彼は自分自身に問い続け、悩み、苦しみ、死をも考えた。自分は世界を変えるほどのアートを生み出せるのか、そもそも世界をアートで変えられるのか。永遠に続くと思われるほど、自問自答を続け、固く閉ざされたドアを——世界に向かって開かれるはずのドアを、けんめいにノックし続けた。決してあきらめずに。

そして、あるとき、ついに——そのドアが、開いたんだ。

まったく新しい自分だけの表現を彼は見《み》出《いだ》した。圧倒的な迫力と、潔さと、混沌《こんとん》と、因習の呪縛《じゅばく》からの解放。彼が描いた一枚の絵によって、どれほど多くのアーティストが自由を獲得したことだろう。アートの名の下に、表現の自由を、後に続くアーティストたちは手にしたんだ。

ポロックは、ついに、一枚の絵で絵画革命を起こした。それは確かに、ただの一枚の絵だった。けれど、それは同時に、カンヴァスの上でのたうちまわる絵の具の叫びだった。自由を求めてもがき苦しんだアーティストの魂の叫びだったんだ。

ポロックは、一枚の絵を通して、おれたちに教えてくれている。——もしも目の前にドアがあるなら、まずノックしてみろ、と。

アートには世界を変える力はないかもしれない。けれど、ひょっとすると、アートで世界を変えられるかもしれないと思うことが大切なんだ。

ポロックは、その思いを胸に描いた。その思いが、カンヴァスを通して、世界じゅうの人々に届いたんだ。だからこそ、いまなお彼の残した作品は世界じゅうで展示され、熱いメッセージを観る人の心に届け続けている。

おれたちひとりひとりは、確かに世界の片隅のちっぽけな人間だ。

だけど、おれが、そして君たちが新しい表現を生み出せないと、世界じゅうに伝播する波を作れないと、誰が言うことができるだろう?

おれたちには何もない、だからこそ、おれたちにはすべてがある。おれたちは可能性のかたまりなんだ。

いまこそ、叫ぼう。叫んでみよう。一緒に進もう。そして生き抜こう。

きっと、おれたちの目の前で、世界へのドアが開くはずだ!

最後の言葉を放ち終えて、英才は、いつのまにか握りしめていたマイクを静かに下ろした。

凪《な》いだ海のような会場。どこからか、潮騒《しおさい》のように拍手が立ち上った。潮騒は次第に広がり、やがて海鳴りのように会場を埋め尽くした。気がつくと、英才は、満場の拍手の中に佇《たたず》んでいた。

おおーっ、と怒濤《どとう》のような歓声が上がった。聴衆が総立ちになり、英才の背後を見上げている。

英才は、ゆっくりと振り向いた。そして、自分の背後の赤い緞帳が音もなく上がるのを見た。その下から、一枚の巨大な絵が現れるのを、夢の続きのように見上げていた。

カンヴァスの上でのたうちまわる絵の具。自由を求めてもがき苦しんだアーティストの魂の叫び。

繰り返し繰り返し、ラップトップのスクリーンの中で画像を眺め続けた――ジャクソン・ポロック「ナンバー・ゼロ」。

世界を変えた一枚の絵が、高々と掲げられ、英才を見守っていた。

Thursday October 15　1:00PM

香港島　香港文化大学講堂

広げたノートの上に置いたスマートフォンが、メッセージ着信音を鳴らした。

机に突っ伏して居眠りしていた英才は、びくっと体を震わせて、顔を上げた。メガネを外して、目をこする。スマホの画面を見ると、玉蘭からのメッセージが届いていた。

いま講義中？　私のほうは休講だったの。帰りに金鐘のギャラリーに寄って帰らない？

微笑んで、すぐに返信する。

もちろん。じゃあ、カフェで待ってて。

わかった。じゃあ、あとでね。楽しみにしてる！

最近、玉蘭は、すっかり現代アートのファンだ。英才が次に作品を出展するグループ展を何より楽しみにしている。絵の具を買いにいくのに付き合ってくれたり、大学の美術部のアトリエで制作しているときに、ランチボックスを差し入れしてくれたり。ささやかなことだけれど、彼女がアートに興味を持ってくれているのが何よりうれしかった。

英才と玉蘭は、二年まえに、揃って香港文化大学に進学した。英才は情報工学部に進み、美術部に所属。熱心に制作を続けていた。未来の夢は、十七歳のあの頃と変わらず、アーティストになることだ。

ほんとうは、家庭の経済的な事情で一度は大学進学をあきらめかけた。が、アジアで活動する若手アーティストを支援する財団「ロレンダ・ボシュロム芸術財団」が設立されることをネットで知り、進学資金のサポートを申請してみたところ、見事受諾された。進学資金とともに、理事長のロレンダ・ボシュロムからメールが届いた。――ようこそ、アートワールドへ。新しい世界があなたを待っています。刺激的な作品を創ってください。期待しています――と。

一時期大いに盛り上がった学生運動は、その後鎮静化し、香港にはいつもの日常が返ってきた。

学生連合会の代表チームと香港政府の代表の話し合いで、運動は締めくくられた。

香港政府は、学生たちの要望にイエスとは言わなかったが、突き放しもしなかった。いつの日か、何かが起こる可能性はゼロではない。かすかな希望を残して、運動はいったん終結した。

いまでも、ときどき、英才は思い出す。決起集会の日、講堂の舞台に上がってスピーチをした、あのときのことを。

あの瞬間、確かに自分は、一緒にいた。――ジャクソン・ポロックと。

そして、いま。

講義を受けている英才の背後の壁に、掲げられた一枚の絵。

アーティストの魂の叫びが聞こえてくるこの作品が、あのポロックの真筆、「ナンバー・ゼロ」であるとは、誰も気づかない。

なぜなら、巨大なカンヴァスの横には、白いプラスチックのタイトルプレートが、ひっそりと並んでいるから。

〈作者不詳《アノニム》〉と書かれた、ごく小さなプレートが。

解説

高橋《たかはし》瑞木《みずき》（ＣＨＡＴエグゼクティブディレクター兼チーフキュレーター）

２０１６年に香港に移住して、４年の月日が経った。２０１９年の初夏から、香港は揺れに揺れている。香港政府によって４月に提案された逃亡犯条例改正案は、１００万を超える香港人が集まる抗議活動を引き起こし、毎週末になると街中では警察と抗議者による衝突が繰り返された。抗議運動は２０１４年の雨傘運動を凌《しの》ぐ勢いとなり、観光客は激減。続く新型コロナウィルスの感染拡大により、普段は人にぶつからないで歩くのがやっとなほど混雑している繁華街も閑散となった。３月の香港は本書にも描かれているように、世界的に権威のあるアートフェア、アートバーゼル香港が開催されるので、海外からのアーティストやコレクター、キュレーターたちが一堂に集い、連日オープニングやパーティーが開催される華やかな時期なのだが、今年はこうしたイベントもすべてキャンセル、ソフトロックダウン中の香港の街を、水を打ったような静寂が包んだ。

そんな中、久しぶりに『アノニム』を読み返して、原田さんの観察力と記憶力、想像力に改めて唸《うな》らされた。アートバーゼル香港前夜には、世界各国から富に裏付けされた力を見せつけようとするアートセレブや億万長者のコレクター、そして巨額のアートセールスの機を逃すまじと鵜《う》の目鷹《たか》の目のディーラーたちが集まる。彼らのさまざまな欲望や思惑が香港の湿気の高い気候と相まって、独特の熱気を作り出し、都市を包む。『アノニム』を読んでいると、そのむせ返るような熱を帯びた空気がいつの間にか私の周りに立ち上り、例年の3月の香港の喧騒《けんそう》が戻ってきたかのような錯覚を覚える。そして、そんな世界とは無縁の、自分たちの都市の未来を憂う香港の若者たち。香港という都市で普段は交わることのない、この二つのパラレルワールドに生きる人びとをアートで繋《つな》いだところに、原田さんのアートの力に対する絶大な信頼が感じられる。

億万長者に世界的な美術史の権威、名物オークショニアやゴッドハンドを持つ修復家といった、アート業界の裏と表両方で活躍するプレイヤーが集まったアート義賊団(?)アノニムが、香港でのミッションの相方として目をつけたのは、難読症の高校生、張英才《チョンインチョイ》。まだ香港の外の世界を知ることもなく、家族と暮らす狭い部屋の中で母親に文句を言われながら、掛け声もいさましく、バケツの中のペンキを床に置いた新聞紙の上に刷毛《はけ》で滴らせて「作品」を完成させる。その技法が、はるか昔、アメリカでジャクソン・ポロックという画家が発明した「ドリッピング」だということも知らないで。それにしても、この張英才というキャラクターは、あまりに見事に香港の若者の特徴を備えている。自信家だけどシャイで、ちょっと臆病《おくびょう》。ちゃっかりしたところがありながらも正義感が強く、ひどく純粋で優しい。私が勤務するアートセンターも、彼と同じDNAをもった香港の若者たちによって支えられている。

　本書はジャクソン・ポロックの幻の作品「ナンバー・ゼロ」をオークションで競い落とそうとする冷血なコレクター、ゼウスと彼の手下である美術専門の窃盗団のリーダー、そして彼らの魔の手からこの傑作を守りつつ、人間やアートの可能性を張英才や香港の若者に伝えるアノニムの活躍を描くエンターテインメントだ。香港のラグジュアリーなホテルや思わず汗をにぎるオークションのシーン、メガネ型ウェアラブル端末〈アイ〉やスマートフォン〈ハッチ〉といった、007《ダブルオーセブン》ばりの小道具など、うっとり、ワクワクするようなエンターテインメント要素に満ちているが、こうしたキラキラした描写の間にそっと挟み込まれているエピソードにこそ、原田さんの本領が発揮されているような気がする。

　アートワールドのスタープレイヤーの集合体、アノニムに比べれば、張英才や彼が密《ひそ》かに憧《あこが》れる同級生の玉蘭《ユーラン》はごく普通の高校生だ。香港の民主主義の保持を訴える学生の政治集会にも関心を持ってはいるものの、自分たちが主体的に世界を変える可能性を秘めているなんて、これっぽっちも思っていないし、自分たちの力など、大きな力の前には無に等しいと諦《あきら》めすら感じている。特に張英才は難読症のため、クラスの仲間からもなんとなく置いてけぼりにされているようだ。そして彼の周囲には、英才の絵画に対する情熱を理解する環境もない。英才が果たして本当に稀《け》有《う》な才能のペインターであるのかどうかは未知数だ。しかし、彼は絵画の制作に集中しているときは、自分のハンディキャップについて忘れられ、刷毛から滴り落ちる色とりどりのペンキが足下に敷き詰められた新聞紙の上で描き出す画面空間に没頭することができる。誰に認められようとか、アートワールドで一旗あげようなどという邪心すらなく——。

　この彼の絵画に対するパッションに目をつけたのが、アノニムのリーダーで大富豪、ジェットだった。重要なのは、ジェットが英才の作品ではなく、彼の絵画制作に対する純粋な気持ちに価値を見出したことだ。ジェットは英才のアートに対するひたむきな心に、家族を養い、生計をたてるために自分のアーティストとしてのオリジナリティを放棄せざるをえなかった父親のかつての姿とその背中を見て育った自分自身を重ねる。

　ＩＴビジネスで成功をおさめ、今は自分が欲しいと思えばおそらくどんな作品でも購入することができるだろうジェットは、しかしアートの本質を忘れることはなかった。きらびやかでゴージャスに見えるアートワールドは、アート作品そのものとは実は全く関係がない。彼は知っていた。アートとは、人間の善きところ、悪しきところもすべて飲み込みながら、複雑な美をたたえ、私たちの感覚を刺激しながら過去、現在を一筋の光で繋ぎ、人間の可能性について確信させる力を持っているものだということを。

英才がアノニムのメンバーとオンラインで交流しながら学んだのは、美術史におけるポロックの偉大な貢献だけではなく、優れたアート作品が人々に与えることができる勇気や希望だった。そしてアノニムのメンバーたちはこうしたアートの力が、一部の富裕層にのみ独占されるべきではないという意思のもとに団結している。この点において、アノニムがアジア経済のハブであり、タックスヘイブン、そして民主主義と資本主義の間で揺れる香港で活躍を繰り広げたのはもっともなことなのだ。なぜなら、アノニムの生みの親であり、本当の黒幕である原田マハは、金融資本によって支えられる物質主義には降伏しないアートの精神的な価値こそが、人々を魅了し、世界を豊かなものにすると知っているからである。

本書は、二〇一七年六月に小社より刊行された
単行本を文庫化したものです。